Aquila Quartz c/o
AutorenServices.de
Birkenallee 24
36037 Fulda

DER GERUCH VON BLUT UND WODKA

Eine New Yorker Vampir-Novelle

von Aquila Quartz

Mirkosch

1

Als das Flugzeug landete, begann es zu schneien.
New York, New York...
Mirkosch saß für einen Augenblick ganz still, schloss seine Augen und lauschte nur dem sanften Geräusch des fallenden Schnees. Wie es knisterte, wenn der Schnee auf dem Asphalt der Flugzeuglandebahn aufschlug... Noch war der Boden zu warm, sodass die Flocken sich auflösten, ihre eisigen Kristallstrukturen in sich zusammenfielen, in den Boden sickerten, und ihn so auf die kommenden Flocken vorbereiteten, welche nicht mehr schmelzen würden, sondern sich Stück für Stück aufeinanderschichten und so alles in sein heiß ersehntes *Winterwonderland* verwandeln würden.
Sein Sitznachbar riss ihn unsanft aus seinen Gedanken, indem er seine Tasche aus dem Gepäckfach hievte und sie, wenig sanftmütig, auf den Sitz neben Mirkosch fallen ließ, als sei sie mit Steinen gefüllt. Das laute Geräusch verlagerte seinen Fokus gewaltsam zurück in das Innere des Flugzeugs.
Er seufzte. Da waren sie, fern des stählernen Flugzeugkörpers und auch überall darin, all diese kleinen

Geräusche, denen er seine Aufmerksamkeit schenken konnte, die so faszinierend komplex und doch so subtil waren, so gänzlich neu, so frisch, nichts, was er in seinem Menschsein hätte wahrnehmen können. Und doch war sie immer noch allgegenwärtig, hart und unbeugsam, die laute Realität der Menschen und Maschinen, welche ihn unaufhaltsam antrieb weiterzulaufen, in Bewegung zu bleiben und teilzunehmen, an ihrem unbarmherzigen Fluss. So auch jetzt, als die Durchsage des Piloten ertönte, welcher sich bei seinen Passagieren für den Flug bedankte und sie aufforderte sich geordnet zu den Ausgängen zu begeben.

Der Schnee konnte warten, er würde genügend Zeit finden um ihn zu bestaunen, seine glitzernden Strukturen mit seinen Augen abzutasten und die Kühle auf seinen Wangen zu spüren, er würde ihn sogar riechen können, *ganz sicher*.

Sein einziges Gepäckstück war ein Rucksack, welcher Platz für ein zweites paar Jeans, einen grauen Hoodie, ein Buch und ein kleines schwarzes Notizbuch barg. Alles was er sonst noch brauchte, trug er am Körper.

Er war in eine verblichene Jeans gekleidet, schwere lederne Arbeitsstiefel, einen großen Wollpullover, welcher mit bunten skandinavischen Mustern durchwoben war, einen dunkelblauen Parka und eine graue Wollmütze. Er lächelte, als er seine Reflexion in dem Spiegel der Flughafentoilette erblickte. Sein glattes jungenhaftes Gesicht und seine grünen, glitzernden Augen - das wirre, ungekämmte braune

Haar, von der Sonne des vergangenen Sommers fast blond gebleicht.

Ein ewiger Junge, so hatte ihn seine Mutter einmal bezeichnet. Als er hatte feststellen müssen, dass dieses *ewig* tatsächlich wortwörtlich gemeint seien sollte, war er irgendwie nicht überrascht gewesen. Er war gerade siebzehn geworden und würde es für immer bleiben - *ein ewiger Junge, niemals ein Mann.*

Er spritzte sich etwas Wasser ins Gesicht, strich sich durchs Haar und versuchte es durch die Feuchtigkeit in Form zu bringen, nur um sich dann wieder unwirsch die Mütze über den Kopf zu stülpen. Wen interessierte sein Aussehen denn schon?

Er schenkte seinem Spiegelbild einen letzten prüfenden Blick und seufzte kaum hörbar.

Das erste Mal in seinem Leben war er wirklich allein. Niemand wusste, dass er hier war, in einer ihm völlig fremden Stadt, in welcher er niemanden kannte. Er spürte ein Kribbeln in seiner Brust, Aufregung, ein bisschen Angst, doch hauptsächlich Vorfreude. Endlich war er frei. Endlich konnte er sein Leben selbst in die Hand nehmen.

Auch wenn er im klassischen Sinne nie erwachsen werden würde, symbolisierte dieser Moment für ihn seinen Eintritt ins Erwachsenenleben. Freilich, kein klassisches Leben, aber er würde sich schon sein eigenes kleines Leben aufbauen, einen Ort finden, welchen er nach seinem Geschmack einrichten würde, sein eigenes sicheres Zuhause, das nur ihm gehören würde, und um ihn herum die Stadt mit all

ihren wunderbaren Versuchungen - ihren Bars, Theatern, Parks, Einkaufszentren und Museen - all dies lag nun vor ihm.
Bei diesem Gedanken entfaltete sich ein Lächeln auf seinem Gesicht. Eigentlich mochte er dieses Gesicht. Er war sicherlich nicht das, was sich sein Vater gewünscht hatte, zu schmal gebaut, zu schnell den Tränen nahe, zu *feminin*, aber er fand sich selbst gar nicht mal so schlecht.

In seiner Vorstellung war New York ein großer glitzernder Würfel, in welchem zur Weihnachtszeit goldene Glöckchen klingelten; ein helles nie verstummendes Orchester, welches die Straßen, wie ein allgegenwärtiger Schleier überlagerte.
Er wusste, dass es sich hierbei um eine Fantasie handelte. Das Resultat einer Kindheit, in welcher die Weihnachtszeit durch bonbonbunte Hollywoodfilme geprägt worden war, welche allabendlich über den alten Röhrenfernseher im Wohnzimmer geflimmert waren: *Kevin allein zu Haus* und D*as Wunder von Manhattan*, jedes Jahr aufs Neue sog er diese Filme begierig in sich auf, manchmal bewegten sich seine Lippen sogar synchron zu denen der Schauspieler. Er hatte sich dabei immer tief in das alte Sofa gekuschelt, war in den, mit einem muffigen Cordstoff überzogenen, Kissen beinahe versunken. Das war gut so gewesen, je unsichtbarer desto besser.
An guten Tagen hatte sein Vater eine gigantische Schüssel Popcorn zubereitet. Salzig und mit schmel-

zenden Käsewürfeln vermischt. Sobald es abgekühlt war, verwandelte es sich zu einer festen Masse, Popcorn und Käse verbanden sich miteinander, wie klebrige Elektronen mit ihrem Kern. Sein Vater entkorkte sein Bier, manchmal griff er zur Seite und ertastete in den Kissen den Haarschopf seines Sohnes und verwuschelte ihn mit seinen großen rauen Händen, fast zärtlich, doch ohne den Blick dabei vom Fernseher abzuwenden, wie bei einem Hund.

Mirkosch erstarrte in diesen Momenten. Denn jene Geste war dieselbe, in Folge derer sich die Hand seines Vaters in seinem Haar zu einer Faust ballen konnte, um ihn so gewaltsam von der Couch zu zerren. Die Schmerzen beförderten Mirkosch dann die Tränen in die Augen und er sah zu, dass er den Raum schnellst möglich verließ. Sofern er denn dem Griff - bettelnd und flehend - entkommen konnte. Sein Vater würde ihm dann angewidert nachblicken, sah er die Tränen und das Jammern seines Sohnes doch als ein Zeichen weibischer Schwäche. Er war kein Mann der vielen Worte, seine Zuneigung, sowie auch seine Abneigung, drückte er lieber körperlich aus. Und je älter Mirkosch wurde, desto mehr wuchs die Abneigung gegenüber seinem Sohn an.

An seinem 17. Geburtstag war Mirkosch, im Gegensatz zu den übrigen Jungen in seinem Alter, immer noch bartlos und kaum beharrt, seine Haut war so glatt und rosig, als sei er einem barocken Gemälde entsprungen. Und zur Hofarbeit hatte er eh nie ge-

taugt. Er war immer etwas zu klein gewesen, ein bisschen zu blass, ein wenig zu dürr.
Mirkosch war auf einer Zuckerrübenfarm im Bundesstaat Idaho aufgewachsen.
Er war das einzige Kind gewesen. Seine Eltern hatten sich mit Sicherheit noch weitere Kinder gewünscht, doch es hatte wohl einfach nicht seien sollen. Anstatt mit seinen Geschwistern hatte er mit den Farmarbeitern gespielt. Diese kamen auf die Farm sobald sich der Frühling anbahnte und reisten nach der Ernte, im späten Herbst, wieder ab. Er hatte ihnen immer entgegen gefiebert.
Die Winter waren karg und einsam. Seine Mutter hatte ihn zuhause unterrichtet. In seinen Erinnerungen saß er am Küchentisch, vor einem Stapel Schulbüchern, und verfasste Aufsätze über *Die Abenteuer des Huckleberry Finn* und später Interpretationen zu Geschichten von Ernest Hemingway. Seine Mutter stand währenddessen mit dem Rücken zu ihm gedreht und bereitete das Abendessen vor - backte Brot und in der Weihnachtszeit Kekse. Sie war eine stille Frau, mit stoischem Charakter. Solange er lernte und sich unauffällig verhielt, würde sie mit ihm zufrieden sein. Sein Vater jedoch würde ihn finden und immer eine Aufgabe für ihn bereithalten, sei es den Stall auszumisten, oder in der Werkstatt alte Fensterrahmen abschleifen, eine Aufgabe, welche sich frustrierend monoton über Stunden hinweg erstrecken konnte.
Sobald er es jedoch einmal geschafft hatte, den Augen

seiner Eltern zu entkommen, würde er sich auf dem Heuboden zusammenrollen und in ein kleines, gut behütetes Notizbuch zeichnen. Er erschuf so Manifestationen der zart entsprießenden Geschichten in seinem Kopf. Meistens handelten sie von einem bestimmten Charakter; einem großen, gutaussehenden Superhelden, der ihn mit sich fort in die weit entfernten Städte nahm. Vorbild war einer der Hofarbeiter, welcher Jahr für Jahr wiederkehrte. Groß und muskulös, blondes Haar und braun gebrannt. Um seinen rechten Oberarm rankte ein Tattoo aus schwarzen, spitz zulaufenden, flammenartigen Linien: Taylor.

Taylor schenkte ihm stets ein strahlendes Lächeln wenn er am Abend, durchgeschwitzt und in einem dreckigen T-Shirt, vor ihm stand und doch noch die Energie aufbrachte, um mit ihm Ball zu spielen. Dabei störte es ihn merkwürdigerweise nicht, dass Mirkosch ein denkbar ungeschickter Spielpartner war. Er wartete mit einer Seelenruhe wenn Mirkosch den Ball nicht hatte fangen können und ihn mühsam und langatmig aus den verwinkelten Ecken des Hofes hervor fischen musste. Manchmal zog er in diesen Pausen sein Shirt aus und stretchte seinen muskulösen Körper, während er dabei genießerisch die Augen zusammenkniff.

Sein Vater verlor bei solchen Spielen schnell die Geduld mit ihm, im besten Fall würde er nur enttäuscht den Kopf schütteln und im Haus verschwinden, im weniger idealen Fall, würde er in eine

Schimpftirade ausbrechen und ihm eine Schelle verpassen.
Als Mirkosch älter wurde, verwandelten sich die Ballspiele mit Taylor in schüchterne Gespräche, welche sie, nach dessen Arbeit, auf der von der Sonne ausgebleichten Wiese liegend führten.
Mirkosch war zu dieser Zeit schon alt genug um gemeinsam mit den Männern auf den Feldern zu arbeiten. Doch wirkte er dort stets wie ein absurder Fremdkörper, zwischen all den starken Körpern. Er war bereits aus der Puste während die anderen gerade erst in Fahrt kamen. Taylor lachte dann über ihn, aber es handelte sich um ein gutmütiges Lachen.
„Du gehörst wirklich nicht hier her“, bemerkte er einmal, blickte dabei in den wolkenlosen blauen Himmel und kaute an einem Grashalm.
„Ich weiß...“, flüsterte Mirkosch und konnte dabei den Anflug von Melancholie in seiner Stimme nicht verbergen, „Aber wo soll ich denn sonst hin?“, fragte er einmal, selber von seinem Mut das Undenkbare anzusprechen überrascht. Gut, dass sich sein Vater noch auf den Feldern befand und das ausgesprochene nicht hören konnte.
Taylor lächelte ihn jedoch an, setzte sich auf und strich ihm gedankenverloren über die Wange und sagte: „Mirkosch, die Welt dort draußen ist riesig. Da gibt es noch mehr als Zuckerrüben und Berge, und dein Vater hat dort nichts zu melden.“
Mirkoschs Herz begann bei seinen Worten zu rasen, seine Berührung sendete Feuer durch seinen Körper.

Beides, Taylors Worte, sowie auch das Feuer, welches seine Finger entfacht hatten, ließen ihn über den folgenden Winter hinweg nicht in Ruhe. Er begann Pläne zu schmieden, wie er in einen Bus steigen würde, um quer durchs Land nach New York zu reisen. Denn New York stellte für ihn den Inbegriff der unbegrenzten Möglichkeiten dar. Er könnte vielleicht in einem Restaurant arbeiten oder in einer Buchhandlung, in seinen Aufsätzen war er immer begabt gewesen und er verschlang jedes Buch das er nur finden konnte. Vielleicht war es ja wirklich so einfach, wie er es sich vorstellte und das Schwierigste war lediglich den ersten Schritt zu wagen. So oder so, er musste warten bis er volljährig werden würde. Nur noch wenige Jahre und doch, eine quälende Ewigkeit.

Und dieses Feuer suchte ihn Nacht für Nacht heim, spross langsam von seinen Wangen hinab in seine Hüften, welche dann zu seinem Mittelpunkt wurden, während sein Geschlecht sich aufrichtete und, fast ein wenig unangenehm, gegen seine Jeans drückte.

Als Taylor im kommenden Jahr zurückkehrte, schaute Mirkosch ihn mit anderen Augen an. Fast schüchtern wandte er manchmal den Blick ab oder schaute ihn wiederum viel zu lange an wenn er oberkörperfrei im Gras lag. Taylor erwischte ihn hin und wieder dabei und musterte ihn daraufhin neugierig, man könnte fast meinen, blickte ihn verstehend an.

Und dann, eines Abends, als sie noch bei den

Pferden im Stall standen, zog Taylor ihn an sich, drückte seine harten Lippen auf die von Mirkosch und schob ihm seine heiße Zunge in den Mund. Taylors Hände strichen Mirkoschs Rücken hinab, landeten auf seinem Hintern und drückten diesen beherzt. Woraufhin das Feuer in seinen Hüften unvermittelt entfacht wurde. Er war sich dessen unangenehm bewusst, dass seine Errektion, völlig unverstellt, gegen Taylors Körper drückte, welcher ihn mit seinen Händen an sich gezogen hielt. In diesem Moment ließ Taylor davon ab ihn zu küssen, lächelte, und drückte ihn sanft nach unten. Mirkosch folgte dem Druck verwirrt, bis er mit seiner Nase nur wenige Zentimeter von Taylors, sichtlich ausgebeultem Hosenstall innehielt. Mirkosch nickte sich innerlich zu. So war das nunmal wenn Fantasien Wirklichkeit wurden, jetzt musste er auch mitspielen. Taylor zog den Reißverschluss für ihn herunter und befreite seinen Schwanz. Er wirkte stramm und glänzend, roch nach Schweiß und Moschus und wurde gegen seine Lippen gedrückt.

„Komm schon...", flüsterte er und umfasste Mirkoschs Hinterkopf mit seinen Händen. Als Mirkosch seine Lippen zaghaft um den Schwanz legte, zog er dessen Kopf derart zu sich heran, dass sich sein Schwanz in Mirkoschs Mund schob und gegen dessen Rachen drückte. Mirkosch zog seinen Kopf hektisch zurück und versuchte die Kontrolle über seine Bewegungen zurück zu erlangen, ließ seine Zunge erst sanft über Taylors Eichel gleiten, bevor er versuchte ihn so tief wie möglich in seinen Mund gleiten zu lassen und begann kräftig an ihm zu lutschen. Doch dann übernahm Taylor wieder die Führung und bewegte seinen Kopf, mit seinen Händen vor und zurück, während er in ihn stieß und es war wieder an Mirkosch, mit seinem Würgereiz zu ringen. Etwas in ihm kämpfte mit den Tränen und etwas anderes fand Gefallen an dem Geräusch von Taylors schnellem Atem, seinen tiefen stöhnenden Lauten, seinem Geruch und dem salzigen Geschmack seines Schwanzes, welcher heiß und schwer in seinem Mund lag. Als Taylor fertig war, war sein Mund mit Sperma gefüllt. Er war sich unsicher, ob er es ausspucken oder es schlucken sollte. Aber schließlich war es von Taylor, wie könnte er dieses Geschenk abweisen? Es schmeckte bitter und ein wenig salzig, weder gut noch schlecht.

Taylor schloß seinen Hosenstall. Er wich dabei seinem Blick aus, wollte sich erst abwenden, und drehte sich dann doch noch einmal zu ihm um.

„Das bleibt unter uns, ist das klar?“, fuhr er ihn an.

Mirkosch nickte unsicher. Der Tonfall war ungewohnt hart und Taylor schien selbst zu merken, dass er ihn einschüchterte. Er beugte sich zu ihm hinab und drückte ihm einen besänftigend gemeinten Kuss auf die Wange. Dann ging er, ohne ein weiteres Wort.

Während er die Gänge des LaGuardia Airports entlang schritt, versuchte er die Gedanken an Taylor zu verdrängen. Etwas, was er über das vergangene

Jahr hinweg immer und immer wieder versucht hatte. Taylors Bild war allgegenwärtig, in regelmäßigen Abständen schob es sich in sein Bewusstsein. Schlussendlich war Taylor der einzige Mensch den er je begehrt hatte.
Er ging jetzt an den Schlangen vor der Gepäckausgabe vorbei, hin zu der am Ausgang wartenden Menschenmenge. Niemand wartete hier auf ihn. Der Gedanke fühlte sich zum einen befreiend an, zum anderen fröstelte es ihn dabei. Es war ein wenig so, als würde er nicht existieren wenn niemand wusste wo er sich befand, und er auch niemandem Rechenschaft schuldig war.
Letzteres hatte er so für sich selbst beschlossen. Als er das Haus verlassen hatte, lag nur ein dünner Abschiedsbrief auf seinem ordentlich gefalteten Bett. Es war möglich, dass seine Eltern sich sorgten. Es war möglich, dass seine Mutter zuhause in der Küche stand, das Abendessen zubereitete und am Tisch ein Platz leer blieb, was sie mit einem hilflosen Blick quittieren würde, und eventuell würden ihre Augen von Traurigkeit gezeichnet sein. Und sein Vater, er würde auf der Couch sitzen, ein Bier in der Hand, den Blick auf den flimmernden Flachbildschirm gerichtet, dem der alte Röhrenfernseher schon vor Jahren gewichen war.
Bei diesem Gedanken stach etwas in Mirkoschs Brust. Er versenkte seine Hände tief in den Jackentaschen seines Parkas. Es war besser so. Sie waren ohne ihn besser dran. Viel zu gut konnte er all die, von

Blut durchpulsten Körper um ihn herum riechen. Der gebrechliche alte Mann, in seinem feinen Anzug, welcher sich - betont aufrecht - an einem karierten Rollkoffer festhielt. Das kleine Mädchen, in dem geblümten Kleid und den weißen Strümpfen, das wild um die Beine seiner Eltern tanzte. Das junge Pärchen, mit ihren überdimensionalen Reiserucksäcken und ihren geflochtenen Haaren. *Er* roch besonders gut, das lange blonde Haar wirkte wild und ungekämmt und sein schlaksiger Körper versank in einem grob gestrickten Pullover. Sie mussten schon länger unterwegs sein, zumindest schienen sie schon länger nicht mehr geduscht zu haben. Der Geruch ihrer Körper; die Lagen aus feinem Schweiß, welche ihre Haut umhüllten, und auch noch andere Ausdünstungen waren überraschend präsent. Nicht unangenehm, bloß übersteigert. Das, was die meisten Menschen, mit einer übermäßigen Körperpflege zu übertünchen versuchen; ihr ureigenes Körperaroma, lag bei den beiden komplett offen. Mirkosch wünschte sich, sein Gesicht gegen den Hals des jungen Mannes drücken zu können, das kratzige Gefühl seines Bartansatzes wahrzunehmen und zu dem frischen, jungen Blut, unter seiner Haut, vordringen zu können.
Doch er musste sich noch in Geduld üben. Ein Ort wie dieser, wurde in jedem Winkel von Kameras überwacht, überall standen Sicherheitsleute, eine unbeobachtete Ecke zu finden war beinahe unmöglich. Auch wenn er noch jung war, sowohl als

Mensch, als auch als das monströse Wesen, welches er jetzt vor allem anderen war, war er doch nicht dumm genug, um sich einer solchen Übersprungshandlung hinzugeben. Sein Hunger konnte und musste warten. Er wandte seinen Blick von all diesen verführerisch wirkenden Menschen ab, welche völlig arglos und unwissend an ihm vorbei liefen.

Von der Decke hinab strahlte das Licht kalter Neonröhren, gefiltert wurde es von rot glitzernden Girlanden, welche von bunt leuchtenden Plastikkugeln und kleinen schwebenden Engelsfiguren durchwebt waren. Jetzt nahm er auch das leise Hintergrundgeräusch der Weihnachtslieder wahr. In seine Gedanken schob sich erneut das Bild der heimischen Küche, die Bleche gefüllt mit Weihnachtskeksen, welche seinen Mutter aus dem Ofen zog und der karge, spärlich dekorierte Weihnachtsbaum, in der Ecke der Küche. Als Kind hatte er noch Sterne gebastelt, doch als er älter wurde hatte er aufgehört, nachdem er die irritierten Blicke seines Vaters bemerkt hatte.

Ein kalter Windhauch streifte über sein Gesicht sobald er sich den Ausgängen näherte. Draußen fiel der Schnee inzwischen unermüdlich und begann, Stück für Stück, den Boden zu bedecken. Er lächelte und trat hinaus auf die Straße, wo der Schnee ihm ins Gesicht peitschte und doch nicht auf seiner Haut schmolz.

Er blieb unschlüssig vor dem Eingang stehen, wurde von den Vorbeieilenden angerempelt oder unsanft fluchend zur Seite gescheucht. Vor ihm reihten sich gelbe Autos hintereinander. Noch nie in seinem Leben war er Taxi gefahren. Das war etwas, was die Charaktere in Filmen und Serien taten; sie winkten ein Taxi heran und sprangen hinein, als sei es eine organische Verlängerung ihrer Möglichkeiten. Es musste sich ein wenig so anfühlen, wie auf ein Pferd zu steigen oder das klapprige Fahrrad aus der Scheune zu ziehen und über die Feldwege zu fahren, hin zu den Bergen des Grand-Teton-Nationalparks, welcher immer viel zu weit entfernt gewirkt hatten, solange und unermüdlich er auch in seine Richtung gefahren war.

Unschlüssig näherte er sich dem vorderen Taxi in der Reihe und klopfte an die Scheibe. Der Fahrer schaute auf und ließ das Fenster hinunter, um ihn stumm mit hochgezogenen Augenbrauen anzuschauen.

„Könnten Sie mich nach Manhattan fahren?“, fragte Mirkosch.

Der Fahrer bedeutete ihm, mit einer forschen Bewegung seines Daumens, auf der Rückbank platz zu nehmen. Und dann saß er dort, eingehüllt in die fremdartigen orientalischen Klänge aus dem Autoradio, seinen Rucksack an die Brust gepresst. Vor den Fenstern entfalteten sich Häuserfassaden um Häuserfassaden, hupende Autoschlangen und geschäftig wirkende Fußgänger, auf den Bürgersteigen. Die Lichter der Stadt leuchteten auf, erst die Beleuchtung in den Schaufenstern, dann auch mit einem Mal die Straßenlaternen. Und dann war da noch der

bunt leuchtende Weihnachtsschmuck, welcher die Häuserfassaden zierte.
Der Himmel wirkte purpur leuchtend, war jedoch schwierig zu erkennen, hinter dem immer dichter werdenden Schneetreiben und je weiter das Taxi sich in Richtung Manhattan bewegte, desto weiter entfernt erschien der Himmel zu sein.
„Adresse?“, fragte der Fahrer und warf Mirkosch einen Blick über die Schulter hinweg zu. Mirkosch versteinerte für einen Moment, ja, wohin genau? Dann spuckte er den ersten Ort aus, welcher ihm einfiel: „Times Square.“
Wie dumm von ihm, dass er nicht einmal genau wusste, wo er hin wollte. Aber letztendlich wollte er ja überall hin, er wollte alles sehen. Er würde einfach durch die Stadt wandern und jede Ecke erkunden, jeden Häuserblock inspizieren, bis New York ihm so vertraut seien würde, wie die heimische Farm. Er würde Wochen dafür brauchen, eventuell Monate, aber das störte ihn nicht, er hatte Zeit und es fühlte sich gut an einen Plan zu haben. Schluss aus.
„Wo kommst du her, Junge?“, wollte der Fahrer jetzt wissen.
„Idaho“, murmelte Mirkosch.
Der Fahrer lachte.
„Also ein Junge vom Land?“ Es war mehr einen Feststellung als eine Frage.
„Und was führt dich nach New York?“
Zum Glück hatte er sich die Antworten auf solche Fragen zuvor zurecht gelegt.

„Ich besuche eine Tante.“, verkündete er mit monotoner Stimme.
Der Fahrer nickte, warf ihm aber einen skeptischen Blick durch den Rückspiegel zu.
„Weißt du, New York ist nicht ohne für einen Jungen wie dich. Du bist doch noch nichtmal volljährig, oder?“, bemerkte er.
Mirkosch schluckte nervös.
Sie passierten jetzt die Queensborough Bridge nach Manhattan. Der East River reflektierte die Lichter der Brücke und durch den Vorhang des herabfallenden Schnees, konnte er die Lichter Manhattans erkennen, wie dunkle, glitzernde Giganten ragten die Hochhäuser empor.
„Meine Tante passt schon auf mich auf.“, erwiderte er nur.
Natürlich hatte der Fahrer recht, siebzehn war ein denkbar schlechtes Alter um alleine nach New York zu reisen. Hätte dieser ganze Mist nicht ein Jahr später passieren können? Kein Hotel würde einem allein reisenden Teenager ein Zimmer vermieten, da konnte er noch so viel Bargeld auf den Tisch legen. Selbst wenn er es schaffen würde, einen gefälschten Ausweis aufzutreiben, würde er bei seinem Aussehen stets mit ungläubigen Blicken bedacht werden. Er seufzte innerlich. Wenigstens konnte er nicht erfrieren, es würde ihm erstmal nichts ausmachen auf der Straße zu leben. Merkwürdig, wie diese kleine Nummer in seinem Ausweis sein Leben bestimmte, wie sie aussagte, dass er noch kein vollwertiges

menschliches Wesen war, noch nicht in der Lage für sich selbst zu entscheiden. Das war etwas, was ihm schon seit Jahren immer absurder vorkam. Was sollte sich denn so schlagartig ändern, sobald er achtzehn war, oder einundzwanzig?
Er hatte die Erwachsenen bereits vor Jahren durchschaut. Was wussten sie schon, was er nicht wusste? Die Welt seiner Mutter und seines Vaters hatte nie weiter, als bis zur nächstgrößeren Stadt - Idaho Falls - gereicht. Sie verstanden etwas von Zuckerrüben, Kühen und Pferden, lasen Sonntags zur Predigt in der Bibel, doch hatten sie nie die Skyline von Manhattan gesehen, ein Gedicht von Alan Ginsberg gelesen, hatten sich nie gefragt, wie es war in die New Yorker U-Bahn hinabzusteigen, zur Freiheitsstatue hinaufzublicken und sich dann umzudrehen, um weiter auf das Meer, hin zum Horizont zu starren. Sie hatten sich nicht gefragt, ob Gott in der Schönheit der Welt zu finden war, ob ihre Liebe zueinander möglicherweise nicht tief genug war, um dieser zu genügen, ob Gott nicht letztendlich verlangte, dass man diese Schönheit und damit ihn fand.
Doch was bedeutete Schönheit für Mirkosch? Abgesehen von all seinen Illusionen, über die Lichter New Yorks, seine Fantasien von weihnachtlich dekorierte Geschäften, Glockenklang in den Straßen, den schneebedeckten Wiesen des Central Parks - in welchem die alte Frau in *Kevin allein in New York* die Tauben gefüttert hatte - abgesehen davon, gab es etwas, was er am eigenen Leib erfahren hatte. Und das war

sein Verlangen nach Taylor, das Brennen in seiner Brust, der seinen Körper durchwachsende Sog hin zu Taylors starken Brust, seine rauen unrasierten Wangen, sein Schwanz, welchen er in seinem Mund aufnahm. Er wollte jenes Verlangen - jene innere Ekstase - wiederfinden, ohne war er nur ein kalter toter Körper, ohne dieses Feuer machte doch nichts Sinn. Er wusste, dass Taylor nicht einzigartig war. Er war wundervoll gewesen, ohne Frage, aber hier würde er andere Männer wie ihn finden.

Manchmal fragte er sich, ob sein Vater das nicht auch geahnt hatte, dass da noch mehr war, und er deshalb so grob zu ihm gewesen war, weil Mirkosch noch all diese Wünsche, diesen Hunger, in sich trug, und all das, ihn unaufhaltsam von seiner Heimat, und somit von seinem Vater, forttrieb. Und der einzige Weg, um ihn bei sich zu behalten, war diesen Hunger in seinem Sohn auszumerzen. Mirkosch dachte fast wehmütig an die großen Hände seines Vaters, wie sie durch sein Haar gestrichen waren, wie er ihn manchmal impulsiv an sich gedrückt hatte, nur um ihn dann stehen zu lassen, noch eben beiläufig einen harschen Befehl ausstoßend, er solle die Ställe ordentlich ausmisten, sonst würde es etwas setzen! - oder so etwas in der Art.

2

Das Taxi entließ ihn am Times Square. Vor ihm entfaltete sich ein lautes Chaos aus sich bereits graubräunlich färbenden Schneemassen und hupenden Autos, welche sich unermüdlich ihren Weg bahnten. Er fühlte sich für einen Moment wie geblendet, von dem grellen Licht der riesigen Werbetafeln, die niemals still zu stehen schienen. Immer auf ein Neues liefen Werbespots über die überdimensionalen Leuchtschirme; ein neuer Kinofilm, ein Parfum, Werbung für Fastfoodketten, Getränkemarken und Broadway Stücke, und all diese bunt flackernden Anzeigetafeln, türmten sich übereinander an den Hochhauswänden hinauf. Die Straße war gesäumt von Cafés, Restaurants, Souvenirgeschäften, Konzertsälen, Theatern und Kinos.

Mit großen Augen studierte er besonders die Plakate, welche die neuesten Theaterproduktionen und Filme ankündigten. Was machte es schon, dass er in kein Hotel einchecken konnte? Er würde einfach in den Theatern und Kinosälen der Stadt zu Ruhe kommen.

Der Schnee fühlte sich zunehmend unangenehmer an, wie er da auf ihn nieder rieselte und sich auf seinen Schultern und der Kapuze ansammelte, aber vor allem, wie er scharf in seine Augen wehte. Er zog die Kapuze tiefer ins Gesicht um sich zu schützen und linste nach rechts und links, um ein Diner oder ein Café zu finden.

Das nächstbeste lag keine zehn Meter von ihm entfernt. Es war eine Bäckerei, in welcher bunte Donuts und aufwendig verzierte Muffins verkauft wurden. Er bestellte lediglich einen Kaffee und genoss die Wärme, welche aus der weißen Porzellantasse in seine Hände entwich. Natürlich würde er den Kaffee nicht trinken, er war nur da um den äußeren Schein zu wahren und er half ihm eins zu werden mit der Masse an *normalen* Menschen um ihn herum. In jenem Kaffee wimmelte es von Touristen. Wahrscheinlich war das von Vorteil für ihn, in dieser bunten Ansammlung aus allenmöglichen Staaten Amerikas und den verschiedensten Ländern der Welt, würde ihm niemand auch nur einen Blick schenken.

Bis auf diesen einen Mann, welcher gegen die Ladentheke gelehnt dastand.

Erst dachte Mirkosch, er bildete es sich nur ein, dass der Fremde ihn anstarrte und blickte wieder weg, doch als er erneut prüfend seinen Blick zu ihm wandte, lagen dessen Augen immer noch auf ihm. Sein Gesichtsausdruck wirkte ruhig und entspannt, doch seine Augen waren leicht geweitet, als könne er nicht ganz glauben, *was* er da vor sich sah. Diese Augen blinzelten nicht, und obwohl das

Café von grellem Licht erleuchtet wurde, waren seine Pupillen bis aufs Äußerste geweitet. Es wirkte, als hätte man seine Gestalt aus einer Szenerie mit völlig andersartigen Lichtverhältnissen herausgeschnitten und in diese hier hinein geklebt. Er gehörte hier nicht her, zu all diesen Wesen, mit ihrem unregelmäßigen Herzschlag, dem sich verschnellernden und verlangsamenden Atem, und ihrem Hunger auf süßes Gebäck und heiße Getränke, welche ihre Körper in Aufruhr versetzten. Sie lachten und gestikulierten, ihre Körper zuckten unkontrolliert, ohne dass es für sie selber ersichtlich war und sie verlagerten intuitiv das Gewicht, wenn ihnen eine Körperhaltung zu anstrengend wurde. Doch dieser hier nicht. Dieser stand nur still und unbewegt da, und schaute auf Mirkosch herab, welcher an einem kleinen Tisch saß und seinen Blick, durch den sanft aufsteigenden Dampf seines Kaffees erwiderte.

Der Mann trug eine schwere, weit sitzende Lederjacke. Sie wies sichtliche Altersspuren auf, Kratzer, dunkle und hellere Flecken im Leder. Er trug sie in Kombination mit einem seidenen Hemd, welches frisch gereinigt wirkte, sodass man noch die Bügelspuren erkennen konnte, was in einem interessanten Kontrast zu der ranzigen Jacke stand. Dazu trug er enganliegende Jeans und Cowboystiefel, in deren Leder das schmelzende Wasser des Schnees von der Straße gesickert war, das sie untenherum dunkel färbte. Doch das Auffälligste war sein Gesicht. Allem vorweg die Augen, aber auch seine auffallend glatten

Gesichtszüge, nur ein paar feine Falten, wie Spinnweben, so flüchtig, dass es schien, man könne sie nur mit einem Atemhauch hinfort pusten. Sein Haar war nach hinten gekämmt und mit Gel in Form gebracht worden, er war blond und sein Haar fast so blass wie seine Haut.
Plötzlich dämmerte es Mirkosch, *dieser Mann war wie er*.

In dem Jahr, welches dem Sommer folgte, in welchem Mirkosch und Taylor sich näher gekommen waren, war Taylor nicht auf die Farm zurückgekehrt. Mirkosch hatte seinen Vater nach Taylor gefragt, doch dieser hatte nur ein desinteressiertes Brummen von sich gegeben. Also war Mirkosch durch die Geschäftsunterlagen seines Vater gegangen, dicke Ordner, welche mit Papieren vollgestopft waren, Rechnungen reihten sich an Lieferscheine und wirre Notizen, und siehe da, er fand eine Liste mit den Kontaktdaten der Gastarbeiter und auch Taylor war darauf zu finden. Er schrieb seine Adresse und Telefonnummer auf einen herumliegenden Notizzettel und trug diesen von da an stets mit sich herum. Doch er wählte die Nummer nie, schaute die Adresse nie im Computer nach, sodass er nie herausfand, wie weit entfernt Taylor von ihm lebte. Taylor hatte ihm nach dem Blowjob gemieden. Immer wenn Mirkosch versucht hatte mit ihm zu sprechen, hatte Taylor ihm nicht in die Augen geblickt, nur abwesend wirkend genickt und sich dann abgewandt. Für Mirkosch

wirkte es so, als ob Taylor sich wünschte, dass das, was zwischen ihnen beiden geschehen war, nie passiert wäre. Dann war er ohne ein Wort des Abschieds verschwunden und als er im kommenden Jahr nicht zurückkehrte, war Mirkosch, wenn er ehrlich mit sich war, gar nicht so verwundert gewesen.
Die Adresse und die Nummer suchte er heraus, um das Gefühl zu haben, selbst entscheiden zu können, darüber, ob er ihn wiedersehen wollte oder nicht. Er wollte Taylor nicht die Macht zugestehen, ihn endgültig abgewiesen zu haben. Vielleicht war er zu schlecht gewesen, zu unerfahren und hatte Taylor enttäuscht. Vielleicht hatte Taylor auch schlichtweg das Interesse an ihm verloren, oder das Geschehene tatsächlich bereut, war er von ihm angewidert gewesen? Mirkosch würde es nie erfahren.
Um sich nicht Tag für Tag in seinen Grübeleien zu verlieren, entschloss er sich etwas dagegen zu unternehmen: Er meldete sich bei einer Datingapp an.
Das erste Mal, dass er einen Mann über die App traf, zitterte er am ganzen Körper. Sie hatten sich an einer Weggabelung, nahe des Waldes, verabredet. Es handelte sich um einen Mann mittleren Alters: Holzfällerhemd und ausgeblichene Jeans, er war weder sonderlich attraktiv, noch auffallend unattraktiv. Allerdings regte sich in Mirkosch kein Verlangen. Doch jetzt war es zu spät, er rang sich zu einem Lächeln durch und folgte dem Mann in den Wald. Sie waren kaum hundert Meter weit gegangen, da griff er nach Mirkoschs Nacken und zog ihn zu sich heran.

Er küsste ihn und drückte ihm im nächsten Moment gegen einen Baum.
Als sie fertig waren verließen sie den Wald, wortlos, jeder in eine andere Richtung. Mirkosch stieg auf sein Fahrrad und spürte, wie ihm eine Träne die Wange hinunter lief. Das hatte er mit Taylor erleben wollen. Dann wäre es ganz anders verlaufen. So fühlte er sich beschmutzt. Es war schmerzhaft gewesen, doch der Mann hatte ihn immer weiter hineingedrückt und dabei seinen Nacken geküsst, als könnte er ihn damit Lust bereiten. Mirkosch hatte versucht sich zu entspannen, hoch hinauf in die grünen Baumwipfel geschaut, dorthin, wo das abendliche Licht rötlich in den Wald hinein brach, und irgendwann war es vorbei gewesen.
Trotz dieser Erfahrung, beließ er es nicht dabei. Ja, es war unangenehm gewesen, ja, es war erniedrigend, doch er konnte endlich etwas anderes fühlen, anstatt des quälenden Verlangens nach Taylor und des drohenden Gewichts, der auf ewig gleichbleibenden Arbeitstage: Er wurde begehrt. Und bald schon merkte er, wie er sich beim Akt entspannte, willig nach vorne beugte, oder gegen Bäume lehnte, auf Wiesen niederkniete und sein Geschlecht dabei hart wurde, und schließlich begann er es zu genießen. Die Männer, welche ihn fickten waren nicht Taylor, sie waren nicht ansatzweise so attraktiv wie Taylor es gewesen war. Doch sie schenkten ihm einen Ausweg aus der bohrenden Langeweile, die ansonsten sein Leben dominierte.

Eines Abends, schon weit nach Einbruch der Dunkelheit, schlich er sich noch aus seinem Zimmer. Normalerweise verabredete er sich mit niemanden zu so später Stunde. Er war sich schließlich der Gefahren bewusst, welche diese Treffen in sich bargen, und das Licht der Sonne vermochte es meistens, ihm ein Gefühl der Sicherheit zu vermitteln.
Doch an diesem Tag hatte er noch lange wach, in seinen Arbeitsklamotten, auf seinem Bett gelegen. Seine Eltern waren schon schlafen gegangen und er hatte durch die Bilder seiner App gewischt, war zunehmend geiler geworden, bei dem Anblick der nackten, rasierten und unrasierten Körper. Selten sahen sie in Wirklichkeit so aus, doch darüber war er längst nicht mehr erstaunt. Er hielt inne bei dem Bild eines Mannes, dessen Kopf zur Seite gedreht war, sodass sein Gesicht von seinem langen dunklen Haar verdeckt wurde und der Fokus auf seiner blassen Brust lag. Etwas an dem Bild interessierte ihn. Es war zwar spät, doch die Nacht war schwül, der Himmel sternenklar und das Gezirpe der Grillen, wie ein weiches Tuch, welches alles schützend einlullte, ohne aufdringlich zu wirken. Alles Böse schien ewig weit weg zu sein.
Er verabredete er sich kurzerhand mit dem Mann. Sie trafen sich auf einem Parkplatz, irgendwo zwischen der Farm von Mirkoschs Familie und Idaho Falls. Als Mirkosch mit seinem Fahrrad am Treffpunkt ankam, war noch niemand zu sehen. Er erwartete, dass jeden Moment Scheinwerfer in der Ferne aufleuchten und

sich ihm langsam nähern würden, doch das geschah nicht. Die Straße und der Parkplatz lagen dunkel und verlassen da, ansonsten war er nur von weiten Feldern und Wäldern umgeben. Grillengesänge und das Licht eines abnehmenden Mondes. Ein leichter Wind strich über die Gräser und sendete eine angenehme Kühle über Mirkoschs Haut. Und dann war er überall. Er war einfach da, schlang sich um seinen Körper, als sei er ein gigantischer Oktopus, der sich an ihm festsaugte und seinen Körper zusammenpresste. Oder eher, wie eine Spinne, die begierig ist ihr Opfer zu einem handlichen Bündel zusammenzupressen, um es genüsslich aussaugen zu können. Er tat alles auf einmal, umschlang ihn so kräftig, das Mirkosch sich keinen Zentimeter mehr rühren konnte und die Kontrolle über seinen Körper verlor. Nichtmal sehen konnte er ihn, sein Angreifer hatte ihn von hinten angefallen. Nur der Schatten seines schwarzen Haares tauchte im Augenwinkel auf, während er seinen Mund auf Mirkoschs Hals presste und die Zähne in ihm versenkte.

Die Grillen schien auf einmal verstummt zu sein und alles was Mirkosch noch hörte, war das schmatzende Geräusch, mit welchem sein Angreifer in aussog. Und dann war da der Schmerz, dieser Sog, der ihn von innen nach außen zu stülpen drohte. Er riss seinen Mund auf und begann zu schreien, so laut er konnte, so wie er es noch nie in seinem Leben getan hatte. Erst waren es alles überlagernde Schreie, welche sich immer mehr zu einem Grölen verzer-

rten, dann wurde seine Stimme immer heiserer und aus seinem weit aufgerissenen Mund entwichen nur noch hohle, raue Geräusche, mehr ein Keuchen, als ein Schreien. Dann ließ er von ihm ab und er rollte auf den staubigen Boden des Parkplatzes. Er spürte, wie die harten Stiefel des Mannes in seine Rippen traten, erst einmal, sodass er gut einen Meter zur Seite geschleudert wurde, dann von der anderen Seite und er rollte zurück, dann wieder in die andere Seite, immer hin und her. Er versuchte sich verzweifelt aufzurichten, doch die Kraft in seinen Armen versagte, oder er war nicht schnell genug, bevor ein weiterer Tritt ihn wieder zur Seite rollen ließ.
Er konnte nicht mehr schreien, stattdessen liefen jetzt Tränen aus seinen Augen. Hier war er also wieder, der kleine erbärmliche Junge, dem nichts besseres einfiel, um sich zu Wehr zu setzen, als zu heulen. So würde es enden.
Doch dann kehrte Ruhe ein, kein weiterer Tritt. Stattdessen trat der Mann zu ihm heran, seine braunen Stiefel hielten vor Mirkoschs Gesicht inne. Mirkosch drehte seinen Kopf und blickte nach oben. Doch sein Blick war von seinen Tränen derartig getrübt, dass es lediglich eine dunkle Gestalt, mit einem weißen Fleck als Gesicht wahrnehmen konnte.
„Du bist eigentlich ganz süß.“, bemerkte der Fremde.
„Nein, wirklich. Glaub mir. Ansonsten treffe ich nur alte fette Männer über diese Plattformen, du dagegen bist ja fast noch ein Kind. Naja, halt irgendwas zwischen Kind und Mann, ein Zwischenwesen.“, fuhr

er fort und begab sich in die Hocke.
Mirkosch konnte jetzt seine Augen glitzern sehen, doch sein Gesicht lag im Schatten der herabfallenden Haare. Der Mann strich ihm über die Wange, es fühlte sich so an, als würde er mit einem kalten glattpolierten Metallring über ihn streichen, doch es schien tatsächlich einer seiner Finger zu sein.
„Eigentlich schade um dich, kleiner Engel.", flüsterte er, „Warum musst du denn jetzt heulen?", fügte er spöttisch lachend hinzu, „Dir hat wohl noch nie jemand eine ordentliche Tracht Prügel verpasst, oder warum bist du so verweichlicht? Solltest dich eigentlich bedanken, dass sich jetzt mal jemand die Mühe gemacht hat. Meinst du etwa mir macht das Spaß?"
Und dann hatte Mirkosch ihm einfach ins Gesicht gespuckt.
Oder eher, er hätte es gerne. Denn auch hierfür fehlte ihm die Kraft, er scheiterte kläglich und besudelte sich selbst mit seinen Spucketropfen. Der Fremde reagierte jedoch prompt und gab ihm eine schallende Ohrfeige, sodass ihm schwarz vor Augen wurden. Nur langsam nahm er wieder verschwommen Formen war.
„Du spielst mit deinem Schicksal, das ist nicht sonderlich klug.", hörte Mirkosch ihn sagen, „Doch um ehrlich zu sein, könntest du mich mit nichts mehr langweilen, als wenn du jetzt dein Schwänzchen einziehen würdest. Somit gratuliere ich dir, du bekommst ein Chance."
Mirkosch rang immer noch damit, sein Bewusst-

sein wiederzuerlangen und Formen ausmachen zu können. Was redete der Fremde da und vor allem, was hatte er jetzt mit ihm vor? Es konnte nichts Gutes sein.
„Aber komm später nicht angekrochen und versuch mich zu finden, ich bin kein verdammter Mentor, für solchen Kinderkram habe ich keine Zeit. Solltest du das hier überleben, kriegst du entweder deinen eigenen Scheiß zusammen, oder ich schneide dir dein Köpfchen ab und spiele Football damit, nachdem ich deine Augen den Ratten vorgeworfen habe, hast du das verstanden?", fragte er mit kalter Stimme.
Mirkosch reagierte nicht.
Er verstand rein gar nichts, außer dass sämtliche seiner Rippen gebrochen waren und sein Schädel derartig dröhnte, dass er mindestens eine Gehirnerschütterung davontragen musste, wenn nicht schlimmeres. Dann setzte es eine erneute Ohrfeige, diesmal jedoch sanfter, mehr um ihn zu Sinnen zu bringen: „Hey, hast du das verstanden, mein kleiner Engel?"
Shit. Nein, verdammt noch mal, wollte er sagen, doch er presste ein „Ja." hervor, mehr Worte waren einfach nicht drin.
Der Mann streckte sein Handgelenk aus und hielt es über Mirkoschs Gesicht. Erst fürchtete er erneut geschlagen zu werden, doch stattdessen fuhr der Mann, mit dem Zeigefinger seiner anderen Hand, über die dünne Haut seines Unterarms. Der Fingernagel stieß in die Haut, schlitzte sie auf wie eine Rasierklinge

und ein dicker, dunkelroter Blutstropfen fiel auf Mirkoschs Lippen.
„Leck ihn ab.“, flüsterte der Mann genüsslich.
Mirkosch dachte nicht daran. Der Mann wollte ernsthaft, dass er sein Blut trank…? Mirkosch konnte bei diesem Gedanken nichts anderes als Ekel empfinden.
„Mehr bekommst du nicht. Nimm es in dich auf oder eben nicht, mir egal. Ich sag nur soviel; Dieser Tropfen ist deine einzige Chance, in deinem Zustand überlebst du die Nacht nicht. Also trink oder stirb. Und vielleicht wirst du belohnt, und darfst ewig leben.“
Dann stand er auf und plötzlich war Mirkosch alleine. Um ihn herum nahm das Geräusch der Grillen wieder an Lautstärke zu, über ihm breitete sich erbarmungslos der weite Sternenhimmel aus und seine Tränen flossen ungehindert.
Warum er es tat, konnte er später nicht sagen. Es glaubte dem Fremden kein Wort, aber es machte auch keinen Unterschied, ob er das dreckige Blut nun trank oder nicht, wenn er sonst eh sterben würde. Vielleicht fühlten sich seine Lippen auch nur trocken an. Sein ganzer Körper fühlte sich zusammengefallen und kraftlos an. Er leckte also das Blut von seinen Lippen und sank in eine tiefe traumlose Ohnmacht.
Als er erwachte war alles anders.
Über den Bergen, in der Ferne, ging gerade die Sonne auf, ihre Strahlen fuhren blendend auf ihn nieder, sodass er die Augen instinktiv zusammenkniff. Er versuchte sich das Geschehene der letzten Nacht ins Gedächtnis zu rufen und kaltes Grauen durchfuhr

ihn: Er lag mit einem zertrümmerten Oberkörper und Schädel auf einem verlassenen Parkplatz und ein schreckenserregender Fremder hatte sein Blut getrunken. Sein Herz pochte schmerzhaft, zog sich zusammen und öffnete sich, als versuche es verzweifelt Flüssigkeit durch ihn hindurch zu pumpen, konnte aber kaum die Kraft aufbringen. Instinktiv krümmte er seine Arme um seine Brust, um den darin befindlichen Schmerz und setzte sich auf. Erst da merkte er, dass seine Rippen völlig in Takt zu seien schienen. Es machte ihm nichts aus, sich zu bewegen. Nur sein Herz schmerzte, als wollte es sich aus seiner Brust wühlen.

Ihm fehlte etwas. Etwas entscheidendes: *Frisches Blut*, das sein Herz erneut anfeuern konnte. Diese Erkenntnis war kein bewusster Gedanke, es handelte sich eher um ein tiefes Verlangen nach etwas unbestimmten, das er zwar nicht benennen konnte, jedoch wittern.

Es trieb ihn an, über die Felder, hin zu den Wäldern, wo er all diese verführerischen Gerüche wahrnahm. Erst störte er einen Kaninchenbau auf, dann riss er einen Waschbär aus dem Unterholz und ging immer tiefer und tiefer in die Wälder, bis der Läufer auftauchte.

Grell leuchtende Sportschuhe, ein Trinkrucksack über dem enganliegenden schwarzen Shirt und eine rote Kappe, mit reflektierenden gelben Streifen.

All das geschah in einer Form von Trance. Als er später wieder zuhause in seinem Zimmer stand und sich die blutige Kleidung vom Körper riss, waren in seiner Erinnerung nur noch verschwommene Bilder vorhanden. Er hatte etwas schreckliches getan, Bilder von blutigen Fleischfetzen und hysterischen Schreien blitzen in seinem Geist auf, doch das dominanteste Gefühl war diese tiefe Ruhe, welche seinen Körper auf einmal flutete. Befriedigung. Stärke. Die Abwesenheit von Schmerz.

Als sein Vater ihn zur Arbeit rief, ging er mit klarem Blick und voller Energie ans Werk. Füllte die Tröge der Pferde und Kühe, kehrte die Ställe aus und schrubbte die Böden, hievte Heuballen um Heuballen in die Ställe und all das strengte ihn nicht im Geringsten an.

Zurück im Café am Times Square.

Der blonde Vampir starrte ihn immer noch an und allmählich kroch Panik durch Mirkoschs Körper. Damit hatte er nicht gerechnet. Im selben Moment realisierte er, wie dumm das von ihm gewesen war. Natürlich würde er hier nicht der Einzige sein. Diese Stadt war gigantisch, wie vermessen von ihm zu glauben, dass er einzigartig war. Mit der Panik mixte sich ein Gefühl der spontanen Begeisterung, ja, Hoffnung. Dieser Mann konnte ihm helfen, er konnte ein Freund sein! Den Anflug eines Lächelns konnte er bei diesem Gedanken nicht ganz unterdrücken.

Doch dann runzelte der Blonde die Stirn und trat auf ihn zu.

„Was zum Teufel glaubst du eigentlich, was du hier

tust?“, zischte er.
Mirkosch erstarrte und stammelte dann: „Wie meinst du das...?“
„Hast du eine Erlaubnis, hier zu sein?“, fragte der Blonde.
Er befand sich jetzt auf der anderen Seite des kleinen Tisches, an dem Mirkosch saß. Seine Finger hatten sich um die Lehne des freien Stuhls gelegt.
„Was für eine Erlaubnis?“, wollte Mirkosch verblüfft wissen.
„Vom Präses, von wem denn sonst?“, blaffte er ihn an.
„Ich verstehe nicht...“, murmelte Mirkosch.
„Der Präses von Manhattan, hat er dir erlaubt hier zu sein?“, fragte der Mann erneut, jetzt in einem dezent ruhigeren Tonfall, doch sein Blick lag kalt auf Mirkosch.
„Ich wusste nicht, dass man eine Erlaubnis braucht, um hier zu sein“, flüsterte Mirkosch und als er sah, wie der Blick des Anderen immer kälter und abweisender wurde, fügte er ein kaum hörbares: „Es tut mir leid.“ hinzu.
„Also nein. Und wahrscheinlich warst du auch bei keinem anderen Präses vorstellig...“, stellte der Mann fest und Mirkosch schüttelte nur stumm den Kopf.
Für einen kurzen Zeitraum herrschte Stille. Mirkosch starrte verunsichert auf die vor ihm stehende Kaffeetasse und der Blonde hatte seinen Blick seufzend aus dem Fenster gerichtet, hin zu dem Chaos der hupenden Autos im Schnee.
„Es war töricht von dir hier herzukommen. Ich weiß

nicht wer du bist, wo du herkommst oder wer dich gemacht hast, aber du verlässt diese Stadt besser so schnell wie möglich. Du gehörst nicht hierher, das ist offensichtlich. Ich werde fürs Erste so tun, als hätte ich dich nicht bemerkt. Lass dich nicht nochmal in diesem Gebiet erwischen, sonst kann ich für nichts garantieren."

Der Mann wand sich ab, augenscheinlich um zu gehen.

Nein, er konnte ihm nicht erst verbieten in New York zu sein und dann ohne Erklärung einfach so verschwinden!

Mirkosch sprang auf und versperrte ihm den Weg.

„Nein, warte!", entfuhr es ihm panisch, „Bitte sag mir, wer bist du und wie kann ich diesen Präses um Erlaubnis fragen?"

Der Blonde schaute ihn einen Moment wie erstarrt an, eindeutig überrumpelt von Mirkoschs Widerworten.

„Du willst den Präses von Manhattan um Erlaubnis fragen? Junge, spar dir die Mühe, es gibt genug Vampire in New York, du hast uns da gerade noch gefehlt!" Er verzog den Mund zu einem spöttischen Lächeln.

„Verschwinde von hier, solange du es noch kannst. Die Anderen sind nicht so nett wie ich. Aber missverstehe meine Nettigkeit nicht, sollte ich dich morgen früh noch in diesem Bezirk wittern, dann wars das für dich."

Dann legte er Mirkosch die Hand auf die Schulter und

schob ihn unwirsch zur Seite und verließ das Lokal.

Mirkosch kramte ein paar Dollarnoten aus seinem Rucksack, legte sie auf den Tisch und verließ wortlos das Lokal. Der unberührte Kaffee stand immer noch, inzwischen lauwarm, auf dem Tisch.
Der Schnee, welcher ihm ins Gesicht geweht wurde fühlte sich jetzt angenehm an, ein wenig, als könne er die in ihm aufkochenden Emotionen abkühlen.
Es gab also Vampire in New York, und - zumindest dem Blonden zu Folge - nicht wenige. Und scheinbar brauchte er eine Erlaubnis um in New York zu bleiben.
Woher hätte er all das wissen sollen? Was bildete sich dieser Vampir überhaupt ein?, dachte er angesäuert. Doch vor allem sah es nicht danach aus, dass er überhaupt eine Chance bekommen sollte, um nach einer Erlaubnis zu fragen. Der Mann hatte ihn eindeutig bedroht.
Mirkosch merkte auf einmal, wie versteift er war. Er hatte die Hände in den Taschen seines Parkas zu Fäusten geballt, sodass seine Fingernägel in seine Handflächen stachen. Er zwang sich dazu seine Glieder zu lockern, versuchte ruhig ein- und auszuatmen. Er konnte nicht denken. Es war zulange her, dass er getrunken hatte. Die ihn umgebenen Menschen wirkten nun immer plastischer, nicht mehr wie Wesen die ihm ähnelten, sondern wie blutdurchpulste Organismen, bereit um von ihm ausgetrunken zu werden. Er atmete erneut, betont langsam ein und

aus. Bevor er irgendeine Entscheidung treffen konnte, musste er trinken. Und hierbei würde er mit Bedacht vorgehen müssen.

Strenggenommen war er noch ungeübt darin, von Menschen zu trinken. Nachdem er den Läufer, kurz nach seiner Verwandlung, *gerissen* hatte, hatte er es nicht mehr gewagt einen Menschen anzurühren. Die Nachrichten waren voll von Berichten über dessen Verschwinden gewesen. Suchtrupps waren losgezogen und seine Mutter hatte am Abendbrottisch schwermütig den Kopf geschüttelt und ihn in ihre Gebete einbezogen, was ihm geheuchelt vorgekommen war. Er war daraufhin nachts ausgebrochen, nicht mehr um Männer zum Sex zu treffen, sondern um Tiere zu jagen. Einmal war er zu hungrig gewesen und hatte in blindem Übermut zwei der Kälber im Stall ausgesogen. Der Tod der Tiere schwebte, wie ein düsteres Mysterium, noch wochenlang über der Farm.

Doch hier in New York würde ein Mord hier und da nicht weiter auffallen. Noch ein Grund, warum er gekommen war. Er hatte Nacht für Nacht von menschlichem Blut geträumt. Taylor war in diesen Träumen vorgekommen. Seine gebräunte starke Brust, sein schwerer Schwanz in seinem Mund, seine starken Hände, die ihn an sich drückten, seine Hüften, die sich gegen Mirkoschs Hintern pressten und dann wandte sich Mirkosch um und küsste Taylors Hals, ließ seine kleinen Spitzen Eckzähne in seine Haut fallen und begann an ihm zu saugen,

Tropfen um Tropfen, Schluck um Schluck und Taylor stöhnte dabei leise, als würde Mirkosch ihm Freude bereiten, während er doch mit jedem Milliliter sein Leben stahl.
Mirkosch ging an einer Eislaufbahn vorbei, über der ein riesiger, golden leuchtender Weihnachtsbaum thronte. In der Luft lag Glockenklang und der Duft nach Zuckerwatte, auch wenn es jetzt so stark schneite, dass die Eisfläche fast leer war und sich nur wenige Menschen, im Schutz der sie umgebenen Buden drängten und sich frierend an ihre heißen Getränke klammerten.
Er ließ die weihnachtliche Szenerie hinter sich und lief die Straße weiter Richtung Norden entlang, dorthin, wo kahle Bäume zwischen den Häusersäulen sichtbar wurden: Der Central Park.

Der Park leuchtete weiß. Das Licht der Laternen wurde durch den herabfallenden Schnee gefiltert, fleckig, wie ein impressionistisches Gemälde. Er lag zu dieser späten Stunde verlassen da, leere schneebedeckte Bankreihen flankierten die Wege, welche von den skelettartigen Bäumen am Wegesrand überragt wurden, als wären sie Tunnel, die in eine eigene kleine Welt, innerhalb des Kosmos der Stadt führten. Je weiter er in den Park hinein lief, desto entfernter wirkten die Häuser, wie funkelnde Gebirge, welche den Park umrahmten.
Die Wege und Wiesen wirkten zwar leer, doch sie waren es nicht. Er witterte Leben. Im Schatten

der Bäume, unter den Brücken und auf dem Spielplatz. Letzterer bestand aus runden Betonstrukturen, welche allmählich unter dem Schnee verschwanden. Ihm fiel das pyramidenförmige Klettergerüst aus roten Seilen ins Auge. Daneben stand eine Figur, gekleidet in eine überdimensionale Bomberjacke und eine dicke gelbe Mütze. Die Figur wippte von einem Bein auf das andere, schien auf etwas zu warten. Mirkosch konzentrierte sich, um sie genauer wahrnehmen zu können. Sie stand circa fünfzig Meter von ihm entfernt, doch der Schneefall erschwerte die Sicht. Seit er ein Vampir war, waren seine Augen überraschend scharf geworden, er konnte im Dunkeln beinahe besser sehen, als im grellen Licht des Tages. Die Figur war ein junger Mann, seine schweren Gesichtsknochen deuteten auf einen bulligen Körperbau hin. Er wirkte genervt, nuckelte an einer Zigarette und verzog das Gesicht, als er merkte, dass der Schnee, das Papier der Zigarette aufgeweicht und sie damit gelöscht hatte. Wahrscheinlich war er ein Dealer, der auf Kundschaft wartete, vermutete Mirkosch. Er hatte in einem Reiseführer gelesen, dass der Central Park nachts von Drogendealern nur so wimmelte und somit von Reisenden gemieden werden sollte. Daraufhin hatte er gefolgert, dass er für ihn ein ideales Jagdgebiet darstellte.

Er näherte sich dem Mann langsam, sodass dieser ihn sehen konnte. Es gab keinen Anlass, ihn unnötig zu erschrecken. Er ging geradewegs auf ihn zu, in einem gleichbleibenden Tempo. Der mutmaßliche Dealer

schaute ihn skeptisch an, öffnete den Mund um etwas zu sagen, doch Mirkosch stoppte nicht vor ihm, stattdessen schloss er ihn unmittelbar in seine Arme, legte eine Hand auf seinen Mund, um ihn ruhig zu stellen, und dann fuhren seine Zähne in seinen Hals.
Ah, wie sehr er sich hier nach gesehnt hatte. Er hatte gar nicht richtig benennen können, was ihm die ganze Zeit gefehlt hatte, bis es jetzt in seinen Mund floss: Menschliches Blut. Es flutete seinen Körper, ließ jede einzelne seiner Zellen pulsieren, und tilgte - sei es auch nur für diesen kurzen Augenblick - all seine Anspannungen und Sorgen, seine Einsamkeit und seine Zweifel. Er fühlte, wie das Blut seinen Körper stärkte und seine Sinne schärfte. Plötzlich hörte er wieder ganz deutlich, wie der Schnee fiel. Wie das Gewicht einer einzelnen Schneeflocke, mit einem sanften Echo, auf dem Boden landete, nur ganz zaghaft die unter ihr liegenden Flocken eindrückte, und sich so mit ihnen verband.
Dann war alles voller Geräusche und Bewegung. Er hatte sie nicht kommen hören, der Schlag war einfach da, höchstens ein kurzes scharfes Zischen, bevor er gegen seine Schläfe prallte, aber nichts was ihm erlaubt hätte, rechtzeitig zu reagieren. Die Wucht des Schlages warf ihn im nächsten Moment zu Boden, ließ die noch dünne Schneedecke aufstoben und dellte den darunter liegenden Sand des Spielplatzes ein, die feinen Körner drückten sich in seine Haut, sein Haar und seine Kleidung.
Er hatte überrascht aufgeschrien, während er ge-

fallen war und jetzt versuchte er sich panisch aufzurichten, auf allen Vieren schaute er sich hektisch um, nur um von mehreren Seiten dunkle Schatten auf sich zu kommen zu sehen. In seiner Schläfe hämmerte der Schmerz, es fühlte sich so an, als sei sein einer Wangenknochen zu Bruch gegangen. Der Schlag hatte seine Sicht getrübt, doch sein Körper regenerierte sich schon, ein Prickeln ersetzte inzwischen das Pochen in der Schläfe, was wohl die baldige Heilung ankündigte.

„Was wollt ihr...?", fragte er. Seine Stimme leise, doch bemüht deutlich zu sprechen, um seine Angst nicht preiszugeben. Sein Körper zitterte jedoch unübersehbar.

„Die Frage ist, was du hier willst...", sagte eine scharfe Stimme zu seiner Rechten. Sie gehörte einer hochgewachsenen, dunkelhäutigen Frau.

Hinter ihr stand der Blonde aus dem Café und lächelte ihn an.

„Ich hab dir doch gesagt, du solltest lieber von hier verschwinden.", sagte er.

Sein Tonfall wirkte verwirrend fröhlich und sein Lächeln wurde immer breiter und strahlender. Ein Schaudern lief Mirkosch den Rücken hinab.

„Ich war gerade dabei zu gehen.", flüsterte er.

Die dunkelhäutige Frau schnaubte verächtlich auf: „Du hast in unserem Revier gejagt, mach dich nicht lächerlich!"

„Und er war sogar vorgewarnt. Nur für den Fall, dass irgendjemand hier in der Runde auf Gnade plädieren

möchte...", bemerkte der Blonde und warf einen erheiterten Blick in die Runde. Doch niemand sagte etwas.
Mirkosch blickte sich um. Er war umringt von knapp zehn Gestalten, eine bunte Ansammlung der verschiedensten Charaktere, soweit er es erkennen konnte. Doch alle blickten ihn nur mit ausdruckslosen kalten Augen an, während er sich verzweifelt bemühte hilfesuchend ihrem Blick zu begegnen.
„Er hat mir eine Frist gesetzt, ich sollte spätestens morgen früh aus der Stadt verschwunden sein...", murmelte Mirkosch und wies mit seiner zittrigen Hand auf den Blonden.
Die dunkelhäutige Frau schaute ihn amüsiert an.
„Und du dachtest ernsthaft, dass er das Recht hätte, so etwas zu entscheiden?", fragte sie.
Mirkosch starrte sie hilflos an, schaute dann fragend zu dem Blonden, welcher seinen Blick mit hochgezogenen Augenbrauen ausdruckslos erwiderte, bevor er sagte: „Ich schlage vor, wir trinken ihn einfach auf. Er ist frisch genährt, ich bin mir sicher, der Kleine schmeckt köstlich."
Ich schlage vor, wir trinken ihn einfach auf, der Satz hallte unangenehm in Mirkoschs Ohren wieder. Was meinte er damit? War es ihnen etwa möglich ihn zu töten, indem sie ihn bis auf den letzten Tropfen austranken...? Ihm wurde übel.
Irgendwo aus der Runde hörte er zustimmendes Gemurmel, dann Gekicher und schon näherte sich ihm von hinten eine Frau mit langen grauen Haaren, sie

blieb dann aber gut einen Meter von ihm entfernt stehen.

„André, wir sollten ihn dem Präses vorführen. Vielleicht möchte er sich lieber selbst ein Urteil bilden.“, schlug sie zu Mirkoschs Überraschung vor und schaute den Blonden herausfordernd an. Für einen kurzen Moment kroch so etwas wie Hoffnung in Mirkoschs Brust, doch dann schüttelte der Blonde, den sie André genannt hatte, den Kopf.

„*Bullshit*, der Präses hat besseres zu tun, als sich mit jedem x-beliebigen vampirischen Abschaum, der in die Stadt gespült wird auseinanderzusetzen, oder willst du etwa für ihn bürgen?“, fragte André und schaute die Frau mit hochgezogenen Augenbrauen an.

Sie wirkte durch Andrés harschen Tonfall eingeschüchtert und wand, zu Mirkoschs Ernüchterung, den Blick ab. Zufrieden mit ihrer Reaktion trat André auf Mirkosch zu. Mirkosch schaute sich panisch nach einem Ausweg um und wollte bereits auf eine Lücke in der Reihe der ihn umzingelnden Vampire zu preschen, doch er hatte zu lange gezögert. Jene Frau, die eben noch für ihn gesprochen hatte, packte jetzt seine Arme, zog sie ihm auf den Rücken und verdrehte sie derartig, dass es ihm unmöglich wurde sich zu befreien. Bei jeder kleinsten Bewegung würde er fürchten müssen, dass seine Arme brechen.

André stand inzwischen nur noch wenige Zentimeter von ihm entfernt, seine weiße Haut reflektierte seiden das Licht der weit entfernten Hochhäuser.

Seine Hand schnellte zu Mirkoschs Kehle und drückte seinen Kopf zur Seite, sodass sein Nacken frei lag. Er begann zu zappeln und zu kreischen, die Schreie wurden jedoch je erstickt, als sich Andrés freie Hand auf seinen offenen Mund legte. Mirkosch versuchte verzweifelt, seine Zähne in die sich auf seinen Mund pressende Hand zu schlagen, doch sein Angreifer zeigte sich unbeeindruckt.

Dann beugte André sich zu ihm hinab und flüsterte fast zärtlich, gar lieblich in die Runde lächelnd: „Und wer von euch ohne Schuld ist, der werfe den ersten Stein."

Sira

3

Sira

Der Mann hatte ihr den Rücken zugewandt und schloss gerade seinen Gürtel, knöpfte sein Hemd zu und stopfte es vorsichtig in seine Anzughose. Sira seufzte und legte den Kopf zurück auf das weiß bezogene Kissen, welches nach blumigem Weichspüler duftete. Sie tastete auf dem Nachttisch nach ihrer kleinen roten Lackhandtasche und fummelte ein Kaugummi hervor. Wie sehr sie sich jetzt nach einer Zigarette sehnte... Doch direkt über ihr, an der Decke über dem Bett, prangerte ein kleiner runder Rauchmelder, welcher in ein erbarmungslos lautes Schreien ausbrechen würde, wenn sie sich nicht benahm. Wie sehr ihr in solchen Momenten die 90er Jahre fehlten, da war alles noch so leicht und unbeschwert gewesen, zumindest in dieser Hinsicht...
Der Mann hatte jetzt seine Anzugjacke übergezogen und drehte sich zu ihr um, ging zu ihrer Seite des Betts und ließ sich auf der Kante nieder.
„Gib mir einen Kuss“, flüsterte er.
Sie schaute nachdenklich in seine dunklen Augen, bemerkte jetzt erst die feinen Fältchen, welche von

ihnen ausgingen und sich durch sein gesamtes Gesicht zogen. Sie kannte ihn schon seit Jahren, merkwürdig, wie alt er geworden war...
Sie selbst hatte sich kein bisschen verändert. Schon seit Jahrzehnten nicht. Sie rang sich zu einem Lächeln durch, richtete sich auf und gab ihm einen Kuss auf seine warmen Lippen. Er griff sogleich nach ihrem Nacken und hielt sie noch einen Moment länger in diesem Kuss und ließ dann seufzend von ihr ab. Dann langte er in die Innentasche seiner Jacke und zog ein Bündel Geldscheine hervor, welches er auf den Nachttisch legte.
Wunderte er sich eigentlich nicht hin und wieder, warum sie immer noch so jung und strahlend wirkte, wie am Tag ihres Kennenlernens? Oder warum ihre Haut so kühl und hart war und sich durch die Berührungen seines Körpers nicht erwärmen ließ?
Sie konnte dieses Spiel nicht mehr viel länger ausreizen. Entweder sie würde sich von ihm als Kunden trennen oder doch sein Blut nehmen müssen.
Sie arbeitete nach dem Motto *Blut oder Geld*. Wer wie bezahlte, entschied sie je nach Laune. Manchmal spielte sie über einen längeren Zeitraum mit einem Kunden, oder sie nahm ihn beim ersten Mal, entweder weil sie sich nicht zurückhalten konnte, er so verführerisch duftete, oder weil sie schlichtweg hungrig war. Manchmal tötete sie auch weil sie die Person nicht mochte. Und andere ließ sie leben, nahm nur ihr Geld, und verschwand in die Nacht, wie es sich für eine gute Prostituierte gehörte.

„Sira,“, setzte er jetzt an und wirkte dabei ungewohnt schüchtern, „Lass uns an Heiligabend zusammen Essen gehen. Nur du und ich, ein kleines Restaurant, vielleicht etwas französisches, was denkst du?“
Sie erstarrte innerlich. Das war die Situation, welche sie stets fürchtete, wenn es zwischen ihr und einem Kunden zu eng wurde. Sei schüttelte lächelnd den Kopf.
„Fahr lieber zu deiner Frau.“, sagte sie, allerdings ohne vorwurfsvollen Unterton.
„Ich fahr am Tag darauf heim. Aber wegen der Arbeit muss ich bis zum 24. bleiben, und den würde ich gerne mit dir feiern. Versprich mir, dass du darüber nachdenkst.“, erwiderte er.
Sie seufzte.
„Gut, ich verspreche es.“, antwortete sie. Sie erwischte sich widerwillig dabei, wie sie sich dieses Essen vorstellte. Er, in einem feinen Anzug, Sie, in einem feinen, extra für den Abend gekauften Cocktailkleid. Die Weingläser funkelnd im Kerzenlicht, und Er, der ihren Stuhl zurechtrückt, während des Essens nach ihrer Hand greift und ihr Komplimente macht. Doch sie würde sich erklären müssen, warum sie nichts aß, warum sie den Wein nicht kostete...
Diesen hier konnte sie nicht töten, *zumindest noch nicht*, dachte sie, während sie ihn zur Tür hinaus gehen sah. Es lag etwas in seinem Lächeln, in den kleinen Geschichten, welche er ihr ab und an erzählte, oder den Rosen, die er ihr von Zeit zu Zeit mitbrachte, nur um ihr Lächeln zu sehen, sagte er.

Aber in Wahrheit gefiel er sich selbst in der Rolle des Rosenkavaliers, es ging gar nicht um sie. Natürlich war er fasziniert von ihr. Vampire wirkten auf Menschen entweder erschreckend und abstoßend, oder die Makellosigkeit ihres Teints, der Glanz in ihren Augen und die Ruhe in ihren Bewegungen, übten eine unwiderstehliche Faszination auf sie aus. Es hing stets davon ab, wie sie wirken wollten.
Lustlos kaute sie auf ihrem Kaugummi herum, Minze mit Kirschgeschmack, er war ihr kaum noch möglich, sich an den tatsächlichen Geschmack sowohl des Obstes, als auch des Krautes zu erinnern, solange war es her, dass sie menschliche Nahrung zu sich genommen hatte.
Sie stand auf und ging zu der großen, gläsernen Fensterfront. Sie war völlig nackt, aber wer würde sie schon in einer solchen Höhe von außen erkennen können, nicht, dass sie eine solche Bloßstellung nicht auch irgendwie gereizt hätte.
Das Fenster gab den Blick über den Central Park frei. Eine gräulich, weiße Fläche, welche von sich aneinander reihenden Laternen durchzogen wurde, wie Perlenschnüre. Die Stadt war inzwischen fast vollständig von Schnee bedeckt und von den meisten Menschen verlassen. Sie zogen sich in die Wärme ihrer Wohnungen zurück und die, welche noch übrig blieben, waren die Heimatlosen und Rastlosen. Und die Vampire, welche die Kälte des Schnees nicht störte.
Tatsächlich brodelte im Park etwas. Er war von

ungewöhnlich vielen Vampiren bevölkert. Sie spürte ihre Anwesenheiten, sah ihre blitzartigen Bewegungen, wie sie einander umkreisten und ihre Beute untereinander verhandelten.

Die Vampire von Manhattan waren ein sehr spezielles Pack. Sie waren ehrgeizige Charaktere, sehr auf ihr Territorium bedacht. Es wurde nicht einfach freiheraus gejagt, sondern sie gaben einander die Erlaubnis zu jagen, jeder hatte seine Tage, seine Zeiten und seine Orte und all das wurde ständig neu verhandelt. Sie wollten ihren Stadtteil möglichst sauber halten, um keinen unnötigen Verdacht unter den Sterblichen zu sähen.

Sie musste spontan lachen; dieses ganze Theater, und doch verschwand sie immer wieder unter ihrem Radar, bewegte sich unbeschwert durch die Nobelhotels New Yorks, insbesondere Manhattans. Manchmal wunderte sie sich, ob der Präses von Manhattan sie absichtlich ignorierte. Sei es, weil er ihr Alter würdigte oder mit dem Präses von Brooklyn keinen Ärger bekommen wollte.

Sie trat ganz nah an die Scheibe heran, sodass ihre Nasenspitze das Glas berührte. Etwas lag im Argen im Central Park. Die Energien konzentrierten sich jetzt um den Bereich des südlichen Spielplatzes und bewegten sich alle auf einen Punkt zu und dort...

Sie seufzte ernüchtert auf: Ein Eindringling. Es sah ganz danach aus, dass es heute noch eine Exekution geben würde.

Es war immer dasselbe Spiel. Die jungen Vampire stolperten arglos und nichtsahnend nach New York, angezogen von der anonymen Größe der Stadt, der Masse an Bewohnern und somit potentiellen Jagdopfern, als hätten nicht schon zig andere denselben Einfall gehabt. Vorzugsweise besichtigten sie als Erstes den Times Square und den Central Park, wie jeder x-beliebige Tourist es tun würde.

Sie schlüpfte in ihre Kleidung, ein enganliegender schwarzer Lederrock, eine weiße Rüschenbluse, noch frisch gebügelt und blütenweiß, ihre dünne dunkelblaue Nylonstrumpfhose und die hochhackigen Jimmy Choos aus schwarzem Lackleder. Darüber zog sie einen Wollmantel, in einem roten Schottenmuster, und verließ schnellen Schrittes das Hotelzimmer.

4

„André, nimm deine dreckigen Pfoten von ihm. Ich bürge für ihn!“, erklang plötzlich eine helle Stimme, wie aus weiter Entfernung. André hob daraufhin, zu Mirkoschs endloser Erleichterung, seinen Kopf und damit, zumindest für den Moment, fort von seinem Hals.

„Einen Dreck tust du!“, zischte er, „Sira, du hast keine Autorität für irgendjemanden zu bürgen!

„Ach wirklich? Na dann bürgt halt der Präses von Brooklyn.“, antwortete die Stimme, jetzt erschien sie schon näher.

„Und der weiß davon? Mach dich nicht lächerlich.“, raunte André, doch er ließ tatsächlich von Mirkosch ab und wandte sich der ankommenden Gestalt zu.

„Ja, aber sicher, würde ich denn sonst wagen so etwas zu behaupten?“, fragte sie.

Mirkosch konnte die Fremde, zu welcher die Stimme gehörte, jetzt, da Andrés Hand nicht mehr seinen Kopf verdrehte, endlich erkennen. Es handelte sich um eine junge Frau, helles schulterlanges Haar, mit einem bläulichen Farbstich, ein rotkarierter Mantel, darunter ragten schlanke Beine hervor, welche in schwarzen Pumps steckten. Er konnte sich nichts unpassenderes vorstellen, um durch die immer dichter werdende Schneedecke zu laufen.

„Sira, halt dich hier raus, das geht dich nichts an."

„Dass du Vampirkinder im Park abschlachtest geht mich also nichts an? Du bist voller Scheiße, André."

„Jetzt tu nicht so, als ob du dich für jeden Streuner in New York einsetzen würdest, bei den letzten paar Dutzend warst du nicht so engagiert. Also steck dir deine neu entfachte Barmherzigkeit sonst wo hin. Du hast hier nichts zu sagen!"

„Ach wirklich? André, in ein paar Tagen ist Weihnachten, und du wütest wie ein vampirischer Grinch. Hat dein Präses etwa versäumt, dich zum Weihnachtsessen einzuladen?", wollte sie mit süßlicher Stimme wissen.

„Fick dich, Sira! Er ist in unser Territorium eingedrungen und hat von unseren Menschen getrunken."

„Ja, das tut ihm mit Sicherheit ganz doll leid. Aber jetzt bist du ihn ja los.", zischte die Frau, dann lächelte sie kokett, „du brauchst einfach mal wieder eine Umarmung. Aber kein Wunder, dass dir deine Liebhaber weglaufen, wenn du ständig so mies drauf bist."

Andrés Nasenflügel bebten, er atmete betont laut ein und aus, als wollte er sich krampfhaft beruhigen.

„Du erlaubst dir zu viel, Sira. Nur weil du dem Präses jedes verdammten Stadtteils Honig um den Mund geschmiert hast, heißt das nicht, dass du hier irgendetwas zu sagen hast."

„Nun, da könnten wir ja mit den Betreffenden drüber sprechen. Was denkt ihr?" Sie warf einen Blick in die Runde und wartete die Reaktionen ab, doch niemand traute sich zu sprechen. Schließlich rang sich die dunkelhäutige Frau dazu durch etwas zu sagen.
„Wenn der Präses von Brooklyn tatsächlich bereit ist für ihn zu bürgen, dann nimm ihn in Gottes Namen mit. Aber ich erwarte, dass er uns unmittelbar selbst darüber informiert. Wird er das tun, Sira?", fragte sie, ihre Stimme streng und ernst.
„Und wie er das wird.", flötete Sira fröhlich.
„Du glaubst wohl, dass du immer bekommst was du willst. Ein verwöhntes kleines Kind, als würde ein Schlag deiner künstlichen Wimpern alles rechtfertigen. Du vögelst dich doch einfach nur durch die Ränge der Stadt.", zischte André jetzt.
Sira schaute ihn amüsiert an, legte dann gespielt nachdenklich den Kopf zur Seite und sagte: „Man möchte fast meinen, dass du eifersüchtig bist, weil das bei dir nicht so gut funktioniert hat. Hat dein Präses dich nicht kürzlich erst abserviert?"
André machte einen Satz nach vorne, stoppte jedoch, wütend schnaufend, einen guten Meter von Sira entfernte und besann sich eines Besseren. Er beschränkte sich darauf, sie mit Verachtung in den Augen anzufunkeln. Er schien es nicht zu wagen, sie anzugreifen, obwohl alles darauf hindeutete, dass er sich gerade nichts sehnlicher wünschte.
„André, hör auf mit dem Drama, das lohnt sich nicht.", mischte sich schließlich die Dunkelhäutige

mit ruhiger Stimme ein und fügte dann zu Sira gewandt hinzu: „Sira, es ist besser wenn du jetzt gehst. Verlass Manhattan mit dem Jungen. Sofort!"
Sira nickte und wandte das erste Mal ihren Blick zu Mirkosch. Die Frau hinter Mirkosch, welche immer noch seine Arme verdreht hielt, lockerte ihren Griff und er entzog sich vorsichtig ihren Händen. Sira lächelte und streckte spielerisch ihre Hand in seine Richtung aus.
„Du hast gehört, was sie gesagt hat. Wir müssen gehen.", erklärte sie und er spürte, wie sein Körper ihren Worten Folge leistete.
Durch seine Ohren rauschte jetzt laut das Blut und sein Herzschlag sendete Vibrationen durch seinen Körper. Seine Nerven lagen brach, während er realisierte, dass, wenn diese Frau nicht aufgetaucht wäre, er jetzt tot wäre. Er hätte keinerlei Chance gehabt sich zu wehren und jetzt folgte er ihr, weil er keine andere Wahl hatte. Ob das klug war oder nicht, spielte dabei keine Rolle.
Als er vor ihr stehen blieb, streckte sie ihm auch weiterhin auffordernd die Hand hin. Ihr strahlendes Lächeln offenbarte eine Reihe weißer Zähne, deren Eckzähne einen Tick zu spitz waren. Zögerlich ergriff er ihre kalte Hand und sie drehte sich um, zog ihn mit sich, fort von den anderen Vampiren, welche ihnen stumm und regungslos nachschauten.
André schäumte wahrscheinlich immer noch vor Wut.

Sie liefen eine Weile wortlos nebeneinander her durch den Park. Siras Schuhe berührten zu seiner Überraschung kaum den Boden; sie lief über die feine Decke aus Pulverschnee, als sei er eine feste Masse, welche sich nur zart und kaum merkbar bei der Berührung ihres Absatzes eindrückte. Bald schon realisierte Mirkosch, dass Siras Hand in seiner, mehr als nur eine freundliche Geste war. Ihr Druck war so unwiderruflich, als sei ihr Griff eine Fessel, sie wollte eindeutig verhindern, dass er fortlief. Ihn überkam ein mulmiges Gefühl. Sollte er denn weglaufen? War es naiv, ihr einfach so zu folgen.

„Wohin gehen wir?", traute er sich schließlich zu fragen.

„Zur Metro. Wir müssen nach Brooklyn. Du hast das Manhattaner Pack gehört, der Präses von Brooklyn muss für dich bürgen, ansonsten hast du ein Problem."

„Was soll das überhaupt sein, ein *Präses*...?", fragte er.

Sie lachte leise auf und flüsterte: „Du hast wirklich keine Ahnung, wo du hier reingeraten bist, oder?"

Mirkosch hüllte sich in betretendes Schweigen.

Dann fuhr Sira fort: „New York ist in Reviere eingeteilt, diese kann man weitestgehend mit den klassischen Stadtteilen gleichsetzen. Dort gibt es sogenannte Häuser, welche in den jeweiligen Revieren für Ordnung sorgen. Wenn du in einem Stadtteil leben oder jagen willst, musst du dort vorstellig werden und ein Teil des Hauses werden. Und

die Vorsitzenden dieser Häuser nennen sich *Präses*."
„Und wenn man das nicht weiß, wird man einfach abgeschlachtet?", fragte Mirkosch. Sosehr es ihm auch widerstrebte, begann ein solches System, auf eine verquere Weise, für ihn Sinn zu ergeben. Wenn es in einer so großen Stadt tatsächlich von Vampiren wimmelte, mussten diese irgendwie organisiert sein. Alles andere würde in einem Massaker enden.
„Stell dir die Stadt vor wie einen See. Je mehr Fische in diesem See auftauchen, desto mehr Sauerstoff und Nahrung wird benötigt und wenn eine bestimmte Anzahl an Fischen überstiegen ist, sterben alle auf einmal, weil die Ressourcen nicht mehr ausreichen. Die Nahrung kann sich nicht mehr schnell genug regenerieren, wie das bei einem sich selbst tragenden System seien sollte, verstehst du?", erkläre Sira und er nickte, auch wenn die Erklärung für ihn ein wenig zu abstrakt wirkte.
Sie verließen den Park und betraten einen großen Kreisverkehr, Sira führte ihn nach rechts, wo ein Schild die U-bahn Station *59 St - Columbus Circle Station* auszeichnete und eine Treppe in die Tiefe führte. Die Bahn nach Brooklyn kam bereits nach wenigen Minuten. Glücklicherweise war sie zu dieser Uhrzeit fast leer. 23:50 stand in der Ecke der Anzeige auf dem kleinen Werbebildschirm.
Sira lockerte jetzt ihren Griff, wandte sich zu ihm und schaute ihn neugierig an. Als ob sie sich jetzt erst die Zeit nahm den Jungen zu studieren, welchen sie soeben vor seinem sicheren Ende bewahrt hatte.

Auch Mirkosch wagte es nun sie genauer zu betrachten. Sie war hübsch, dachte er unvermittelt. Das feine schmale Gesicht einer Frau, circa Mitte zwanzig; hohe Wangenknochen, große blaue Augen und in ihrem aschblonden Haar, die Spur einer fast ausgewaschenen blauen Färbung. Sie wirkte etwas zu stark geschminkt. Im grellen Licht der U-bahn wirkten die Schichten ihrer Schminke merkwürdig plastisch, das Make-up löste sich von ihrer blassen Haut und das Rouge wirkte im Kontrast übertrieben grell. In ihren Wimpern hingen dicke Klumpen Mascara, ihr roter Lippenstift war verwischt, sodass er einen rötlichen Schatten um ihre Lippen bildete. Doch unter dieser imperfekten Maske, lag ihr vampirisch glatter Teint und ihre, ihn anfunkelnden blauen Augen, mit den kleinen Punkten ihrer Pupillen. Das Weiß der Augen, viel zu weiß, keine Spur von Äderchen.

„Du bist wirklich ganz niedlich.“, bemerkte sie nun und verzog den Mund zu einem schrägen Lächeln.

„Wie heißt du?“

„Mirkosch“, murmelte Mirkosch.

„Wer hat dich erschaffen, Mirkosch?“

Auf einmal wurde ihm übel. Er kannte seinen Schöpfer nicht, nicht seinen Namen, nicht wo er her kam, er wusste nichts über ihn und vor allem hatte dieser ihn nichts gelehrt. Er ahnte, dass er um etwas betrogen worden war, wie ein Kind, das ohne Eltern aufwachsen musste.

„Ich weiß es nicht. Er hat mir nicht gesagt, wer er ist, nur, dass ich nicht nach ihm suchen soll.“

„Er hat dich verwandelt und einfach zurückgelassen?"
Mirkosch nickte.
„Wie kurios.", flüsterte Sira und schaute für einen Moment abwesend wirkend aus dem gegenüberliegenden Fenster, hinter welchem nur die Schwärze der U-Bahnschächte vorbeirauschte.
„Dieser *Präses* von Brooklyn, wird er mir erlauben zu bleiben?", fragte Mirkosch unsicher.
Sira lächelte jetzt freundlich.
„Oh, er hat eine Vorliebe für hübsche Jünglinge. Ich weiß also nicht, was dagegen sprechen sollte."
Eine Vorliebe für hübsche Jünglinge? Was sollte das bitteschön heißen? Würde er für seinen Schutz etwa körperliche Gegenleistungen verlangen?
Sira bemerkte, wie sich seine Auge erschrocken geweitet hatten und lachte.
„Nicht so wie du denkst, also auch, aber er ist kein Perverser oder pädophiler Mafiaboss."
„Ich bin fast achtzehn...", erwiderte er. Als ob das irgendetwas aussagen würde.
Einen Moment wirkte es, als wolle Sira etwas sagen, doch dann blieb sie stumm, lächelte nur verschmitzt.

Als sie in Brooklyn die U-Bahn verließen, tauchten sie in ein düsteres Gewirr aus engen Straßen ein, welche zwischen riesigen Lagerhäusern hindurchführten. Schließlich bog Sira in einen überdachten Hauseingang ein und drückte eine Klingel. Kurz darauf wurde der Türöffner betätigt und Sira hielt ihm demonstrativ die Tür auf. Sie betraten einen Lastenaufzug, welcher von Gittern umgeben war, als sei er ein Käfig. Er setzte sich scheppernd in Bewegung und fuhr ganz nach oben. Als sie ihn verließen, standen sie vor einer Schiebetür, welche einen kleinen Schlitz breit offenstand und Sira drückte sie mit ihrer Hand auf, ließ Mirkosch eintreten, um sie dann wieder, mit einem lauten Scheppern, hinter ihnen beiden zu verschließen.

Mirkosch fand sich in einem großen, spärlich beleuchteten Raum wieder. Eine Stehlampe, mit einem grünen, flaschenfarbenen Schirm, war die einzige Lichtquelle. Ansonsten drang nur noch das Licht der Stadt von außen hinein. Die Fenster, welche die linke Seite des Raumes fast gänzlich einnahmen, waren groß genug, um den Raum in ein blasses nächtliches Licht zu tauchen. Es waren die typisch eckigen Fenster, welche alten Fabrikgebäuden aus roten Backsteinen oft zu eigen sind. In einer Lücke zwischen den Häuserreihen, welche der großen Fensterfront gegenüberlagen, leuchtete die Skyline von Manhattan auf. Auf der rechten Seite des Raumes führte ein Flur ins Dunkel. Und in der Mitte befand sich ein langer Holztisch, an welchem sicherlich mehr als zehn Personen platz nehmen konnten. Direkt vor der Fensterfront befanden sich ein großes Sofa und einige kleine Sessel. Die Wände waren größtenteils mit Regalen zugestellt, welche über und über mit Büchern gefüllt waren. Hier und da auch kleine Figuren aus Porzellan oder anderweitige Objekte, deren

Art und Sinn Mirkosch nicht auf Anhieb erkennen konnte.
Sira war in die Mitte des Raumes getreten und schaute jetzt prüfend den dunklen Flur hinab.
„Darling...?“, flötete sie mit zuckersüßer Stimme, „Versteckst du dich?“
Zunächst schien ihr nur Stille und die Leere der großen Wohnung zu antworten. Dann nahm Mirkosch ein sich ihnen näherndes Knarren des hölzernen Dielenbodens wahr.
Im Türrahmen erschien eine hochgewachsene Gestalt, welche in einen seidenen Morgenmantel gehüllt war.
Der Mann schaute Sira zunächst stumm an, dann schüttelte er ungläubig den Kopf, während sich gleichzeitig ein Lächeln auf seinem Gesicht entfaltete.
„Du ziehst eine Spur von Ärger hinter dir her, wie eh und je, hab ich recht?“, fragte er leise. Der Ton seiner Stimme war angenehm tief.
Sira zuckte arglos mit den Schultern und schaute ihn herausfordernd an. Der Mann ging auf sie zu, umarmte sie und küsste sie auf die Wange, links und rechts. Dann wandte er sich zu Mirkosch um.
„Nun gut, was haben wir hier...?“
Mirkosch schaute sprachlos in das Gesicht des Mannes. Es war kein auffälliges Gesicht; ein symmetrisches Gesicht, umrahmt von kurzem dunklen Haar, welches von grauen Strähnen durchzogen wurde. Im Ganzen betrachtet, war der Mann zwar

nicht unattraktiv, er war groß und schlank, doch wäre er Mirkosch auf der Straße begegnet, wäre er wohl in der Masse der Menschen verschwunden, wären da nicht seine Augen gewesen. Sie schienen in allen Farben des Regenbogens zu changieren, vor allem jetzt, da seine Pupillen so winzig wirkten, wie schwarze Pfefferkörner.

„Das ist Mirkosch. Mirkosch, das ist Freund.", stellte Sira sie einander vor. Mirkosch bemühte sich um ein anerkennendes Nicken, doch Freund verblieb regungslos.

„Ich habe den Jungen vor den Vampiren aus Manhattan gerettet. Sie haben ihn im Central-Park umstellt und wollten ihn austrinken."

„Ah, und warum das...?", wollte Freund wissen, so gleichmütig interessiert, als würde Sira ihm von einer besonders gelungenen Theaterproduktion berichten.

„Weil er dort gejagt hat."

„Ja, dann hatten sie doch jedes Recht dazu. Warum mischst du dich in die Angelegenheiten des Präses von Manhattan ein?"

Sira seufzte.

„Sei nicht so ein Arsch. Woher soll der Junge denn wissen, dass er dort nicht jagen darf? Außerdem war der Präses gar nicht vor Ort. André hat versucht seine ureigene Selbstjustiz walten zu lassen."

Freund lachte und flüsterte Andrés Namen, als würde der Gedanke an diesen ihn amüsieren. Etwas, das Mirkosch nicht ansatzweise nachvollziehen kon-

nte.
„Und darf ich fragen, seit wann du deine soziale Ader entdeckt hast? Sind das späte Muttergefühle...?“
„Ach komm schon, in kaum einer Woche ist Weihnachten.“
„Weihnachten? Soweit ich weiß hat dich Weihnachten in den letzten beiden Jahrzehnten wenig interessiert. Hast du überhaupt nur ein einziges Mal gefeiert?“
„Du weißt halt nicht alles...“, flüsterte Sira, gespielt beleidigt.
„Ach nein? Hast du dieses Jahr etwa Pläne?“
„Nun, Allan hat mich zum Essen eingeladen...“
„Allan, dein Freier?“ Freund starrte sie verwirrt, fast ein wenig entsetzt an. Doch dann lachte Sira und sagte: „Ja, und vielleicht geh ich sogar hin...“
„Gott steh dir bei...“, murmelte Freund und wandte sich wieder Mirkosch zu. Doch bevor er etwas sagen konnte, schaltete sich Sira ein.
„Mal ernsthaft“, sagte sie, ihr Lächeln war verschwunden, „dürfen die das denn? Einen Vampir ohne Vorwarnung hinrichten? Es war, als hätten sie nur darauf gewartet ihre Grausamkeiten ausleben zu können, alle im Rudel! Ich sorge mich ein wenig, dass das Haus von Manhattan dabei ist aus dem Ruder zu laufen.“
„Es ist ihr Gebiet und somit auch ihre Gesetze, uns geht das nichts an. Oder hast du Sorge, dass du nicht mehr unbemerkt von Bezirk zu Bezirk springen kannst um zu jagen? Sira, du spielst mit dem Feuer.

Du musst dich endlich für ein Haus entscheiden."
„Scheiß Faschos, ich habe keine Lust auf ihre verschissenen Regeln, ich war vor ihnen allen hier!"
Freund seufzte. Scheinbar genervt und darauf bedacht, diese Diskussion nicht weiter zu vertiefen.
„Also zurück zu ihm hier. Wahrscheinlich hast du ihnen gesagt, dass ich für ihn bürgen würde..."
Auf einmal kehrte Siras zuckersüßes Lächeln wieder zurück und sie nickte erwartungsvoll.
Freund seufzte erneut, er wandte sich ab und ließ sich am Kopfende des langen Tisches nieder, wo er eine Schachtel Zigaretten aus der Brusttasche seines Morgenmantels fischte und sich mit langsamen, bedachten Bewegungen eine anzündete. Währenddessen war sein Blick nachdenklich auf die hölzerne Tischplatte gerichtet.
Mirkosch schaute ihn verunsichert an. Er fühlte sich wie ein Fremdkörper im Raum, wusste plötzlich nicht mehr, wie er stehen und wo er hinschauen sollte. Die Beine überkreuz, die Hände in den Taschen seines Parkas oder lose neben seinem Körper, er biss sich auf die Unterlippe. Vielleicht sollte er etwas sagen...
„Ich wusste nichts von den Regeln, ansonsten hätte ich dort nie gejagt...", murmelte er.
Der Mann schaute kurz auf, griff dann nach dem kristallenen Aschenbecher vor sich und aschte bedächtig hinein.
„Sonst wärst du nie nach New York gekommen?", fragte er schließlich.

Mirkosch starrte ihn an, er war versucht eine beherzte Bestätigung zu äußern, bevor ihm bewusst wurde, dass es gelogen gewesen wäre. Er hatte schon immer nach New York kommen wollen. Wäre er tatsächlich zu eingeschüchtert gewesen um zu kommen, wenn er von den Gesetzen hier gewusst hätte?
„Ich weiß nicht.", antwortete er schließlich, „Ich würde gerne bleiben, zumindest weiß ich nicht wo ich sonst hingehen sollte..."
Freund ließ den Rauch seiner Zigarette aus seinen Nasenlöchern entweichen. Sira war zu ihm getreten und langte nach der Zigarettenschachtel in seiner Brusttasche, ließ sich auf einem Stuhl auf der Fensterseite des Tisches, zwei Plätze von Freund entfernt, nieder und entzündete sich ebenfalls eine Zigarette.
„Oh, die Welt ist groß. New York ist nur ein weiterer Haufen Häuser...", flüsterte Freund nachdenklich.
In Mirkoschs Brust bildete sich ein Kloß. Sie würden ihn aus der Stadt verbannen. So scheiterten seine Träume von New York also. Zumindest sah es so aus, als würde er lebend davonkommen und wahrscheinlich hatte der Mann recht, die Welt war riesig und bereit um von ihm entdeckt zu werden. Doch warum fühlte es sich so verdammt schmerzhaft an, gehen zu müssen? War es der Schmerz der Abweisung, das Gefühl nicht gut genug zu seien für diesen Ort?
„Wo kommst du her?", fragte Freund schließlich.
„Aus Idaho."
„Du bist auf dem Land aufgewachsen?"

„Auf einer Farm.“, murmelte Mirkosch. Bei der Antwort kam er sich lächerlich vor. Er gehörte nicht hierher, was hatte er sich nur gedacht, als er in dieses Flugzeug gestiegen war?!
Er bemerkte, wie Freund einen Blick mit Sira austauschte.
„Wie alt ist er?“, wollte er von ihr wissen. Sira wandte ihren Blick zu Mirkosch und schaute ihn ermutigend an, also antwortete er: „Siebzehn.“
„In Vampirjahren oder in Menschenjahren?“, hakte Freund nach.
„Beides.“
Freund schaute wieder nachdenklich zu Sira.
„Ich wusste, dass dir das gefallen würde…“, flüsterte Sira grinsend.
Dann wandte er seinen Blick zu Mirkosch.
„Setz dich.“, forderte er ihn auf und wies auf den Stuhl neben sich.
Zögerlich näherte sich Mirkosch und wollte sich erst etwas entfernt von Freund hinsetzen, doch dieser protestierte und wies erneut auf den Stuhl neben sich: „Nein, setz dich hier her, ich möchte dich anschauen.“
Die Nähe zu Freund fühlte sich unangenehm an. So nah bei ihm, konnte er seinem Blick nicht ausweichen, wusste nicht, wo er hinschauen sollte, um dem bohrenden Blick des Vampirs zu entkommen. Schließlich bemühte er sich krampfhaft, seinen Blick zu erwidern, in diese schönen irisierenden Augen zu blicken. Sein Herz raste.

Freund musste über vierzig sein, oder er war schlichtweg jung ergraut, es war unmöglich sein Alter zu schätzen. In seinem Gesicht zeichneten sich feine Fältchen und Bartstoppel ab, aber dies schien nichts mit seinem Alter zu tun zu haben, das vampirische Blut ließ ihn nach menschlichen Maßstäben *alterslos* wirken.

Mirkoschs Blick wanderte von seinem Gesicht hinab und landete dort, wo Freunds Brust aus dem geöffneten purpurfarbenen Morgenmantel hervorschaute. Eine leicht beharrte, muskulöse Brust. Für einen Moment wünschte er sich, noch näher bei ihm zu sitzen, doch dann schob er, etwas über sich selbst erschrocken, den Gedanken zur Seite und führte seinen Blick zurück in Freunds Augen. Dieser lächelte jetzt, deutlich amüsiert.

„Du bist so jung, dass es noch viel zu einfach für dich ist, dich dem Bösen hinzugeben. Alles in dir ist nur zu bereit, sich deiner Natur zu beugen. Mit welcher Selbstverständlichkeit du töten kannst, habe ich recht? Welch zauberhafte Fragilität, die mühelos in jedwede Richtung brechen könnte... Ich könnte dir sagen, was richtig und was falsch ist, was gut und böse ist, und du würdest mir glauben, oder etwa nicht?“

Mirkosch starrte ihn verständnislos an und wusste nicht was er erwidern sollte, doch Freund fuhr bereits fort: „Wie erfrischend... Ich bin all der Vampire müde, welche unermüdlich über den Sinn von Gut und Böse und die Existenz von Himmel und Hölle philosophieren.“

Sira lachte auf.
„Bist du nicht der Erste unter ihnen?“, warf sie ein, doch Freund ignorierte sie und schaute weiterhin Mirkosch an. Mit seiner rechten Hand griff er nach Mirkoschs Wange und strich sanft darüber.
Ein Kribbeln durchfuhr Mirkoschs Körper.
„Eigentlich hatte ich ihm versprochen, dass du kein perverser Mafiosi bist, welcher sein Schutzgeld, in Form von Prostitution kassiert...“, mischte sich Sira ein.
Freund blickte sie sichtlich genervt an.
„Ich wünschte, du würdest gehen.“, bemerkte er trocken. Doch Sira dachte eindeutig nicht daran und blieb sitzen, ein Grinsen auf den Lippen, die qualmende Zigarette zwischen Zeige- und Mittelfinger der rechten Hand. Sie genoss das sich ihr darbietende Schauspiel sichtlich.
„Das heißt, er darf bleiben?“, fragte sie.
Freund lehnte sich seufzend zurück und nickte.
„Du darfst in Brooklyn jagen. Aber halte dich zurück, ein Opfer pro Woche muss dir reichen. Ich weiß, du bist noch jung, und das klingt wahrscheinlich hart für dich, aber ich meine es ernst. Wenn du hier bleiben willst, musst du dich selber disziplinieren, alles andere werde ich abstrafen und dazu habe ich wenig Lust. Ich bin kein Kindergärtner, komm also nicht mit jedem kleinen Problem zu mir, das soll heißen; geh mir nach Möglichkeit nicht auf die Nerven, dann kommen wir miteinander aus.“
Mirkosch nickte, erneut nicht in der Lage dem Mann

in die Augen zu schauen.
„Bedeutet das, ich darf Brooklyn nicht verlassen?“, wollte er wissen.
„Nein, das bedeutet lediglich, dass du in keinem anderen Bereich jagen darfst, aufhalten darfst du dich überall. Falls dich jemand anspricht, darfst du dich auf mich beziehen, du bist jetzt Teil des Hauses von Brooklyn.“
„Naja, vielleicht wäre es besser, wenn du Manhattan erstmal meidest. Die sind da wahrscheinlich für ein paar Wochen nicht so gut auf dich zu sprechen…“, warf Sira ein.
Freund nickte zustimmend.
„Hast du das verstanden?“, wollte er wissen. Mirkosch nickte erneut. Sein Blick lag auf dem hölzernen Boden, auf welchem sich Staubflusen sammelten. Plötzlich spürte er, wie Freund sein Kinn packte und sein Gesicht zu sich drehte.
„Komm schon, schau mich an, wenn du mit mir redest.“, flüsterte er.
Mirkosch erwiderte seinen Blick, geschockt von der abrupten Geste, während sein Herzschlag durch seinen gesamten Körper hallte.
„Ich hatte soeben einen wundervollen Einfall. Wir feiern, Sira zu Ehren, ein kleines Bankett an Heiligabend, und du, als jüngstes Familienmitglied, bist natürlich auch eingeladen.“
Freunds Hand hielt immer noch sein Kinn, sodass er lediglich hören konnte, wie Sira sich am Rauch ihrer Zigarette verschluckte und zu Husten anfing.

„Wie bitte…?“, wollte sie wissen.
„Du hast doch soeben eindrucksvoll zu Besten gegeben, dass du in Weihnachtsstimmung bist. War das alles nur Show?“
„Ach ja. Aber Allan…“, protestierte Sira, jedoch nur halbherzig.
„War das wirklich ernst gemeint? Dein dreckiger Freier? Dann bring ihn halt mit, gottverdammt nochmal… Also abgemacht?“
„Ja, das wird bestimmt ganz wundervoll“, antwortete sie trocken und fügte hinzu: „Jetzt nimm endlich deine Finger von ihm!“
Und tatsächlich ließ Freund Mirkoschs Kinn los und lächelte ihn daraufhin unschuldig an:
„Dann lauf mal los, mein Welpe, New York ist bereit für dich.“

5

Nachdem er die Wohnung verlassen hatte und alleine auf der Straße stand, drückte er sich gegen die kalte Backsteinmauer des nächstbesten Gebäudes, als könne er damit verschmelzen und so verschwinden.

Es hatte aufgehört zu schneien und die Straße lag nun jungfräulich, von einer noch unberührten Schneedecke bedeckt, vor ihm. Über ihm öffneten sich die Wolken und die Sterne schauten hervor. Nicht der klare Sternenhimmel aus Idaho, dazu waren die Lichter der Stadt zu grell.

Er war jetzt also sicher. Zumindest hatte der Fremde, welcher ihm mit Freund vorgestellt worden war, gesagt, dass er jetzt unter seinem Schutz stand. *Freund*, was für ein merkwürdiger Name. Der Gedanke an ihn war ihm zum einen zuwider und gleichzeitig gefiel es ihm, dass dieser Mann nun auf ihn acht geben würde. Aber was hieß das schon? Er hatte selbst gesagt, dass er von Mirkosch so wenig sehen wollte wie irgend möglich, zumindest war es das, was Mirkosch unter *ihm nicht auf die Nerven gehen* verstand. Und Sira, diese schöne, zu stark geschminkte Frau, sie hatte

sich einfach so für ihn eingesetzt, warum hatte sie das getan?
Sie hatte ihm fast liebevoll zum Abschied zu gelächelt, nachdem Freund ihn aufgefordert hatte zu gehen. Und jetzt war er wieder alleine. Das, was er ursprünglich gewollt hatte, alleine durch diese Stadt streifen. Nur hatte das Wort *alleine* jetzt eine neue Bedeutung bekommen. Jetzt wusste er, dass es hier von Vampiren wimmelte. Er konnte sich nie sicher sein, hinter welcher Häuserecke, eine ungeahnte Gefahr auf ihn lauerte. Er hatte am eigenen Leib erfahren, wie boshaft sich diese Kreaturen verhalten konnten. So gesehen, würde er sich nie wirklich alleine fühlen, in dem Sinne, dass dieses Wort Freiheit bedeutete, höchstens einsam und ausgeliefert.
Er begann durch die Straßen zu laufen, die Kapuze über den Kopf gezogen und jedesmal, wenn ihm jemand entgegen kam, löste er sich mit einer schnellen Bewegung in Luft auf. Zumindest musste es für die Entgegenkommenden derart wirken, falls diese ihn denn zuvor bereits bemerkt hatten.
Er wollte jedweder Konfrontation aus dem Weg gehen. Zum Einen hatte er davon in dieser Nacht schon genug gehabt, zum Anderen wusste er nicht, wie er mit möglichen Attacken umgehen sollte. Freund hatte ihm deutlich gemacht, dass er nicht mehr als ein Opfer pro Woche töten durfte, somit durfte er nicht riskieren, in eine Situation zu geraten, in welcher er sich nicht kontrollieren konnte und so aus Versehen die Regeln brach. Er würde der Stadt ver-

wiesen werden oder schlimmeres.
Irgendwann erreichte er das Ufer des East Rivers und ließ sich auf einer Wiese nieder. Er legte sich mit dem Rücken auf die Schneedecke und starrte hinauf in den Himmel, beobachtete, wie die grau-lilanen Wolken, über die hinter ihnen liegende Dunkelheit dahinglitten und wie sich mit der Zeit der Farbton des Himmels änderte. Erst ganz langsam, in ein dunkles Blau changierte, dann von Lila und Orange durchwoben wurde und irgendwann erschienen die ersten hellen blauen Flecken des Tages.
Während seiner ersten Wochen als Vampir, war es merkwürdig gewesen, nicht schlafen zu können. Doch er hatte sich daran gewöhnt und bald angefangen die zusätzliche Zeit, welche ihm zur Verfügung stand, zu genießen. Er hatte in diesen Stunden viel gelesen, aber oft auch nur so dagelegen und auf die Geräusche der Nacht gehorcht.
Als ihn nun die ersten Sonnenstrahlen streiften, richtete er sich von seinem Bett aus Schnee auf.
Sein Mantel war klammfeucht, sodass er ihn auszog und über seinen Arm gelegt trug. Es machte ihm nichts aus, nur mit seinem Wollpullover bekleidet, durch die Stadt zu laufen. Die kalte Luft drang durch die grobe Struktur und hatte etwas seltsam erfrischendes.
Noch war er gefüllt mit dem Blut seines Opfers der letzten Nacht. Die Restwärme von diesem schlummerte noch in ihm, doch bald würde sein Körper so kalt sein, wie die ihn umgebenen Steinwände der

Stadt.
Er ließ sich in einem Café nieder. Es war weniger touristisch als das am Times Square. Hier holten sich die Anwohner auf dem Weg zur Arbeit ihren ersten Kaffee des Tages, oder ließen sich an einem der kleinen Holztische nieder, um in der Zeitung zu lesen oder auf ihren Laptop zu starren. Das alles begleitet von leiser Jazzmusik. Hier konnte er für ein paar Stunden ungestört zur Ruhe kommen und die verbleibende Wärme in seinem Körper bewahren. Er bestellte sich einen schwarzen Tee an der Theke und nahm sich ein paar der ausliegenden Zeitschriften, blätterte gedankenverloren darin herum, während ihm der Dampf des Tees ins Gesicht stieg und er das herbe, angenehme Aroma der Flüssigkeit einatmete.
Er konnte für ein paar Tage, Wochen, oder auch Monate, einfach so durch die Stadt streifen. Sobald der Frühling kam, würde es angenehmer werden und es sprach auch überhaupt nichts dagegen, den Sommer draußen zu verbringen. Doch bevor der nächste Winter kam, wollte er einen Unterschlupf gefunden haben. Es war, als ob dieser Gedanke ihn besänftigte, seinen Fokus von der gigantischen Fremde und Unsicherheit um ihn herum lenkte. Es würde besser werden, ganz bestimmt. Vielleicht konnte er Sira um Rat fragen, oder sogar Freund.
Bei dem Gedanken an Letzteren, flutete ein warmes Gefühl seine Brust, welches er bemüht war bestmöglich zu ignorieren. Freund war ein großes Mysterium, ja, er gefiel ihm, es war müßig das zu leugnen, doch

er würde sich nicht der Schwärmerei für einen unberechenbaren Fremden hingeben, er war schließlich kein Kind mehr. Er brauchte keinen zweiten Taylor in seinem Leben.
Der Tee war inzwischen abgekühlt und ihm war kein einziger Satz von dem Gelesenen in Erinnerung geblieben. Er beschloss sich Lesestoff zu besorgen, welcher mehr nach seinem Geschmack war. New York wimmelte schließlich von großartigen Buchhandlungen und Antiquariaten, welche er in den kommenden Wochen allesamt durchforsten wollte.
Gegen Nachmittag war er dem Stöbern in Büchern schließlich müde und sein Rucksack ein paar Kilo schwerer.
Er steuerte kurzentschlossen ein Kino an und ging in den nächstbesten Film. Eine Weihnachtskomödie, aber sein Herz war nicht dabei; Diese glückliche, feiernde Familie, welche sich am Ende um einen reich gedeckten Esstisch versammelte, während das Feuer im Kamin knistert und der Weihnachtsbaum bunt geschmückt glitzert. Nicht einmal zu *Lebzeiten* war das seine Realität gewesen. Es war Gegenstand seiner kindlichen Fantasien gewesen, ja, das schon, doch plötzlich fühlten diese sich so schal an, es war ihm regelrecht unangenehm, dem fiktiven Glück dieser fiktiven Figuren beizuwohnen, als würde er sich selbst bei einer besonders unanständigen Fantasie erwischen.
Als er nach der Vorstellung wieder auf die Straße trat, war es schon seit Stunden dunkel und er sehnte sich

nach einem Ort, an welchem er alleine seien konnte. Er entschied sich wieder zum Flussufer zu gehen, ließ sich im Schutz einer Brücke nieder und begann in seinen Büchern zu lesen. Stunde um Stunde, bis sich ein neuer Tag ankündigte.

6

Sira

Sie fand ihn in einem Café. Er saß an einem Tisch, im hinteren Teil des Raumes. Vor ihm auf dem Tisch stand eine wahrscheinlich schon lange abgekühlte Tasse Kaffee, daneben lag ein aufgeschlagenes Buch, welches seine gesamte Aufmerksamkeit einzunehmen schien. Sie ließ sich einen Moment Zeit um ihn zu beobachten, wie er Seite um Seite umblätterte, und seine Augen in einem übernatürlichen Tempo entlang der Sätze glitten.
Sein Haar wirkte ungekämmt und wirr und seine Kleidung dreckig, an den Säumen seines Pullovers hatte sich eine bräunliche Verfärbung gebildet und der Mantel, welcher über den freien Stuhl gelegt worden war, wirkte feucht und fleckig. Wäre er ein Mensch gewesen, hätte sie ihn für einen Streuner gehalten, einen Ausreißer und einen Junkie, so blaß wie seine Haut wirkte, und bei diesen dunklen Ringen unter seinen Augen…
Es war jetzt drei Tage her, seit sie ihn vor dem Manhattaner Vampirpack gerettet hatte. Sie hatte sich gedacht, es wäre an der Zeit um mal nach ihm zu

schauen, ohne überfürsorglich zu wirken. Als Freund versucht hatte ihr eine mütterliche Ader anzuhängen, hatte sie das schon ein wenig geärgert.
„Was liest du da?“, fragte sie und ließ sich auf dem ihm gegenüberstehenden, freien Stuhl nieder. Er schaute auf, erst erschrocken, doch dann stahl sich ein fast erleichtert wirkendes Lächeln auf seine Lippen. Hatte er sie etwa vermisst? Die letzten Tage mussten einsam gewesen sein. Sie wusste aus eigener Erfahrung, dass man nirgends so einsam seien konnte, wie in einer Millionenstadt.
„*Die Brüder Karamasow.*“, antwortete er.
Sie starrte ihn für einen Moment stumm an, enthielt sich dann aber eines Kommentars. Ein Vampirjunge aus der Provinz, der russische Klassiker las, das war zu köstlich. Vielleicht konnte sie ihm bei seiner Collegebewerbung unterstützen, dachte sie und bis sich auf die Lippen, um ihre sarkastische Freude zu verbergen und ihn damit nicht zu verprellen.
„Und, wie gefällt dir deine kleine New York Reise?“, fragte sie stattdessen.
Er zog skeptisch die Augenbrauen zusammen
„Ich dachte, ich darf länger bleiben…?“, murmelte er unsicher.
Jetzt war es doch an ihr zu lachen, allerdings handelte es sich um ein herzliches Lachen.
„Natürlich. Ich sagt das doch nur so. Also gefällt es dir?“
Mirkosch nickte.
„Ich habe heute eine Bootstour gemacht und die Frei-

heitsstatue von nahem gesehen. Allerdings war ich nicht auf der Insel, dort waren zu viele Menschen..."
Als er das mit völligem Ernst vortrug, verpuffte auf einmal ihr Impuls sich über seine naive jugendliche Art lustig zu machen. Sie schaute in seine grünen Augen, welche wunderschön strahlten und die Pupille fast gänzlich verdrängten, darin lag zugleich eine strahlende Begeisterung, als auch eine tiefe Traurigkeit. Sie war gerührt, er schämte sich seiner Freude nicht, war bar jedweden Zynismus, welchen die Vampire um sie herum nur zu gerne zur Schau trugen. Diese waren schlichtweg nicht mehr in der Lage Schönheit zu würdigen, ohne sie zugleich niederzumachen, als könnten sie sie, in Angesicht ihrer eigenen Hässlichkeit, nicht ertragen.
Doch aus seinen Augen las sie noch etwas ab; die winzigen Pupillen, das aderlose Weiß seiner Augäpfel und die dunklen Schatten unter seinen Augen.
„Ist es schwer für dich, dich zurückzuhalten? Kommst du mit dem Durst zurecht?"
Mirkosch schaute sie eine Sekunde lang gequält an, fing sich dann aber und schüttelte vehement den Kopf.
„Es macht mir nichts aus.", sagte er.
Sie nickte zögerlich, entschied sich dann aber dazu, nicht weiter nachzuhaken.
„Nun, wie auch immer, aber mit deinem Äußeren solltest du dir ein wenig mehr Mühe geben."
Sie zupfte demonstrativ an dem dreckigen Saum des Ärmels seines Wollpullovers.

„Ich weiß. Aber ich bin zu jung, um in einem Hotel unterzukommen, also verbringe ich die meiste Zeit auf der Straße und um ehrlich zu sein, gefällt es mir. Der Sternenhimmel der letzten Nächte war wundervoll."
„Ich kann für dich bürgen und dir ein Zimmer besorgen.", schlug sie vor. Doch Mirkosch schüttelte den Kopf.
„Nein, erstmal nicht, ich komm schon klar...", murmelte er abwehrend.
„Brauchst du Geld?"
Und wieder schüttelte er den Kopf, fast unangenehm berührt wirkend.
„Sicher? Hast du genug? Weißt du, wie du unauffällig stehlen kannst?"
„Ich habe meinen Vater bestohlen, bevor ich abgehauen bin. Er hat immer jede Menge Bargeld, in einem Geheimfach, am Boden einer Schreibtischschublade aufbewahrt. Fast 1000$ habe ich mitgenommen."
Sein Tonfall war merkwürdig kühl. Sie konnte nicht ganz einschätzen, ob ihm dieser Diebstahl unangenehm war, oder ob er sich damit brüstete. Doch sie beschloss, auch dieses Thema ruhen zu lassen. Schließlich war sie nicht seine Mutter.
„Aber wenigstens deine Kleidung, du musst mir erlauben sie zu waschen.", erklärte sie mit einem scharfen, bestimmenden Tonfall.
Also vielleicht doch so etwas wie eine Mutter... Aber sie konnte sich dem Gefühl nicht erwehren, dass er

gerade jetzt einen Hauch von Liebe brauchte. Wie hatte Freund es ausgedrückt? Wenn man derartig jung war, war das Böse noch so greifbar, fast natürlich, und Mirkosch besaß eine, *zauberhafte Fragilität, die mühelos in jedwede Richtung brechen könnte,* ob Gut oder Böse. Vielleicht war es tatsächlich entscheidend, ob sich jemand erbot, seine Wäsche zu waschen oder eben nicht.

Sie ließ ihm ein Bad ein, nachdem sie seine dreckigen Klamotten in die Waschmaschine in der Küche geschmissen hatte. Während er wartete, stand er nackt im Türrahmen und schaute, etwas verlegen wirkend, auf den klinisch weißen Kachelboden.

„Wohnst du schon lange hier ?", rang er sich schließlich durch zu fragen, eindeutig um Smalltalk bemüht.

„Ich weiß, es sieht nicht danach aus, aber ja, bereits zehn Jahre. Aber ich hatte einfach nie die Energie, die Wohnung großartig einzurichten."

Ein Bett reichte schließlich. Wozu ein Tisch? Wozu Regale? Ein paar Kleiderstangen erfüllten ihren Zweck, wenn das Wohnzimmer eh zu leer war, konnte es auch als Schrank dienen. Ein Vampir hatte keinen Bedarf an Küchengeräten, Geschirr etc. Also war die Arbeitsplatte mit Staub bedeckt und den Kühlschrank hatte sie nie angeschlossen. Sie nahm gerne hin und wieder ein Bad, aber einen Wannenvorleger oder irgendetwas anderes, was von dem erschlagenden Weiß der Kacheln ablenken

könnte, hatte sie sich nie besorgt.
Trotzdem mochte sie das Bad. Die Wanne stand auf bronzenen Löwenfüßen und ein schmales Fenster blickte hinaus auf einen Park.
„Darf ich dich etwas fragen?", fragte Mirkosch jetzt zögerlich, schlang die Arme um seine schmale weiße Brust, als ob er so seine Nacktheit verbergen könnte.
„Sicher."
„Wie alt bist du...?"
„In Vampirjahren oder in Menschenjahren?"
„Vampirjahren."
„Bald siebzig..."
Mirkosch starrte sie geschockt wirkend an und sagte dann: „Und du hast dich über die Jahre kein bisschen verändert...?"
„Nein, zumindest nicht seit ich siebenundzwanzig geworden bin. Ich bin ein bisschen blasser geworden, mein Fleisch etwas härter, meine Sinne schärfer und meine Muskeln stärker, aber rein oberflächlich betrachtet, sehe ich noch genauso aus..."
„Und Freund, ist der auch so alt...?"
„Freund... ja in etwa, nur dass er schon ein paar Jahre älter war, als er zum Vampir wurde. Genug der Fragerei, ab in die Wanne!"
Die Wanne war jetzt bis oben hin mit dampfendem Wasser gefüllt. Als I-Tüpfelchen ließ sie noch ein paar perlmuttfarbene Kugeln in das Wasser plumpsen, welche sich im Nu in Schaum verwandelt haben würden.
Mirkosch stieg zögerlich hinein und ließ sich auf den

Grund der Wanne sinken. Er schloss die Augen, sie konnte sehen, dass er die Wärme genoss. Es war zwar nicht so, das Vampire froren, doch sie war sich dessen bewusst, dass der Mangel an Blut eine große Hoffnungslosigkeit hervorrufen konnte. Das heiße Wasser konnte ihm zumindest die Illusion von der Wärme in seinen Venen verschaffen, wenn auch nicht von innen heraus, sondern von außen.
„War das eigentlich ernst gemeint? Das mit dem Weihnachtsbankett?", hörte sie ihn fragen, seine Augen waren immer noch geschlossen. Sie musste ungewollt loslachen, Freunds verdammtes Bankett!
„Ich fürchte ja..."
„Was fürchtest du...?"
„Einen Haufen Vampire, die einen Weihnachtsbaum schmücken? Naja, am Ende werden eh die wenigsten auf das Spektakel Lust haben und ihm fernbleiben..."
„Und dieser Allan...?"
Ohje, Mirkosch hatte genau zugehört.
„Allan ist ein Mensch und ein Kunde, ich werde ihn bestimmt nicht einladen."
„Ein Kunde? Wofür denn?"
„Ich schlafe mit ihm, dafür."
Mirkosch schwieg eine Weile, bevor er fragte: „Ernsthaft?"
„Ja, ein wenig menschliche Wärme, etwas Geld oder etwas Blut, was will man mehr..."
„Das ist schräg, macht aber Sinn."
Er hatte jetzt die Augen wieder geöffnet und blickte sie neugierig an. Eigentlich mochte sie das Thema

nicht. Sie schämte sich dessen nicht, aber irgendwo in ihr, unwiderruflich verankert, ruhte halt die Moral der frühen 60er Jahre.
„Was weißt du schon davon...", flüsterte sie somit nur, sozusagen als Antwort auf seinen neugierigen Blick.
Es folgte Stille, doch dann setzte Mirkosch stockend an etwas zu sagen, was ihm sichtlich schwer fiel.
„Der Vampir, der mich verwandelt hat... Ich habe ihn über eine Datingapp kennengelernt. Wir haben uns nachts, auf einem Parkplatz getroffen, um Sex zu haben. Aber stattdessen hat er mich ausgetrunken und dann aus einer Laune heraus verwandelt."
Er hatte den Blick abgewandt und es war an ihr tief durchzuatmen.
Was für eine grausame Masche, einen Menschen der Liebe suchte um sein Leben zu betrügen. Und sie machte sich selbigem schuldig...
„Hast du vor diesen Allan zu verwandeln?", fragte Mirkosch mit ausdrucksloser Stimme.
Sie schüttelte vehement den Kopf.
„Nein, er ist gewöhnlich. Weder gut noch schlecht. Er ist ganz amüsant, aber niemand den ich für alle Ewigkeit an meiner Seite haben möchte. Ich werde ihm nichts tun, er soll mit seiner Frau alt werden und mich vergessen."
Sie ließ ihre Hand durch das warme Wasser gleiten, hob etwas Schaum hoch und ließ ihn wieder hinab schweben.
„Du möchtest also zu dem Bankett?"
Auf Mirkoschs Gesicht erschien jetzt endlich ein

Lächeln und er nickte.
Sie konnte nicht anders, als das Lächeln zu erwidern.
Das wird Freund freuen, dachte sie.

André

7

Seine Hände zitterten und er konnte sich kaum noch auf die Wörter in seinem Buch konzentrieren, er versuchte sie aneinander zu reihen, doch sie entglitten ihm und machten keinen Sinn mehr.
Es war jetzt fünf Tage her, dass er zuletzt getrunken hatte. Solange war er noch nie ohne Blut ausgekommen. Alles fühlte sich ausgehöhlt und kalt an. Sein Körper schien sich nur noch langsam und schmerzhaft bewegen zu können und selbst der Schnee erschien ihm nicht mehr sonderlich kalt, so ausgekühlt war sein Inneres inzwischen.
Heute morgen hatte er sich von seinem Bett aus Schnee erhoben, auf den East River geschaut, und ihm waren die Tränen gekommen. Er war losgelaufen und hatte in seinem Lieblingscafé in Brooklyn eine heiße Tasse Tee bestellt, sie zwischen seinen Händen gehalten, doch keine Wärme war in sie gedrungen. Da hatte er erneut stumm geweint.
Dann war er entlang der weihnachtlich dekorierten Geschäfte gelaufen, hatte sich die bunten Lichter angeschaut und war schließlich vor einer Modelleisenbahn in einem Kaufhaus stehen geblieben. Hatte

ihren Weg durch schneebedeckte Berge verfolgt und hatte an Idaho gedacht. An die Berge am Horizont, an die Hitze des Sommers, an Taylors gebräunten schwitzigen Körper, er hatte nichts gefühlt, zumindest nichts was ihn aufheitern konnte. Dann war sein Blick zu dem geschmückten Tannenbaum in der Mitte des Verkaufsraums geglitten und er hatte an Freund und Sira gedacht, an das Weihnachtsbankett, das übermorgen stattfinden sollte, und ein Funke Hoffnung war in seine Brust gekrochen.

Doch jetzt war es wieder Nacht, und er saß im Brooklyn Bridge Park unter einer Brücke, und er wusste nicht, wie er es schaffen sollte, sich noch länger zusammenzuhalten. Nicht weit von ihm entfernt, hatte sich eine Gruppe Obdachloser um eine Metalltonne versammelt, in welcher sie ein Feuer entfachten. Er hätte schwören können, dass er ihr Blut riechen konnte, dass er, auch aus zehn Metern Entfernung, die Adern in ihren Hälsen pulsieren sehen konnte.

Wäre es denn wirklich so schlimm, nach fünf Tagen schon zu trinken? Er hatte sich schließlich bemüht und wer kontrollierte ihn denn schon? Niemand würde es merken, richtig?

Er ballte seine Hände zusammen, um das Zittern zu unterdrücken. Als er vor wenigen Tagen Sira gesehen hatte, hatte sie gemeint, es würde besser werden, in wenigen Monaten schon würde seine Blutlust nicht mehr ganz so heftig sein, und irgendwann würde er problemlos wochenlang ohne Blut auskommen können. Das hatte ihn getröstet, er wollte frei von diesem Verlangen sein, ansonsten würde er niemals ein normales Leben führen können. Doch dieser Trost erschien jetzt blass, in Angesicht jenem, seine ganze Welt flutenden, Verlangens.

Er wollte nur noch, dass es aufhörte.

Ohne eine bewusste Entscheidung getroffen zu haben, hatte er sich urplötzlich erhoben. Sein Buch fiel mit einem dumpfen Geräusch zu Boden und sein Blick lag auf einem der Männer. Ein älterer Mann, welcher über seinen verfilzten Dreadlocks eine riesige Strickmütze trug und in einen langen fleckigen Fellmantel gekleidet war.

„Mach schon. Quäl dich nicht noch länger, kleiner Vampir“, hörte er plötzlich eine kalte Stimme sagen.

Er drehte sich erschrocken um und erblickte *ihn:* André. Der blonde Vampir war erneut in seine ranzige Lederjacke gekleidet, eine enge schwarze Röhrenjeans und eine cremefarbene Bluse, mit Spitzenbesatz. Er lächelte ihn strahlend an und bleckte dabei seine Reißzähne. Als sei er aus den Szenen eines Vampirfilms der 90er Jahre entsprungen.

„Und danach bist du endlich *mein*, niemand wird dich mehr schützen.“, flüsterte André.

Mirkoschs Herz begann wie wild zu schlagen, ein Indiz dafür, dass er noch nicht gänzlich blutleer seien konnte.

„Du darfst mir nichts tun!“, stieß er hervor, bemüht, möglichst bestimmend zu wirken, doch seine Augen

wurden bereits wieder wässrig.
„Ach nein?“, fragte André und zog dabei herausfordernd die Augenbrauen nach oben.
Doch dann schüttelte er beschwichtigend den Kopf.
„Fang doch nicht gleich an rumzuheulen. Ich tu dir ja nichts, ich schau nur in Ruhe zu, wie du den Penner da aussaugst.“, sagte er, „Danach ändere ich vielleicht meine Meinung. Aber jetzt gerade schmeckst du wahrscheinlich eh fürchterlich, wie ein ausgetrocknetes Stück Fleisch.“
Er schaute Mirkosch angewidert an und rümpfte die Nase, nur um ihm dann wieder sein fiesestes Lächeln zu schenken.
„Warum lässt du mich nicht einfach in Frieden?“, versuchte es Mirkosch erneut.
Er war nicht gut darin mit Bullys umzugehen, seine Kindheit hatte er weitestgehend alleine auf der Farm verbracht und nicht auf einem Schulhof oder mit anderen Kindern. Jetzt stiegen ihm auch noch die verdammten Tränen in die Augen, er musste sich zusammenreißen. Wenn er doch nur kurz an dem Mann mit den Dreadlocks nippen könnte, ein wenig Blut, und er könnte sich dieser Situation wesentlich entspannter stellen.
Er würde einfach gehen, sich umdrehen und weg vor André laufen. Was konnte dieser schon machen? Er durfte ihm schließlich nichts tun. In New York galten Gesetze an die auch er sich halten musste.
Er kam jedoch nur ein paar Schritte weit, bevor André, so als würde er sich aus bloßer Luft manif-

estieren, neben ihm erschien und ihn an der Schulter packte.
„Andererseits,“, sagte er, „Ich würde wirklich gerne wissen, ob dein Präses dich tatsächlich beschützt. Weißt du, das wäre doch komplett absurd, dass er für einen Wicht wie dich die Finger krumm machen würde, denkst du nicht auch?“
Irgendetwas in Mirkosch gab ihm dabei recht. Warum sollte Freund sich für ihn einsetzen, wer war er schon?“
„Oder hat er dich noch nicht gefickt?“, fragte André plötzlich und Mirkosch erstarrte. Wieso ließ dieser Mistkerl ihn nicht einfach in Ruhe. Was für eine perverse Freude musste er dabei empfinden, ihn zu quälen.
André lachte auf.
„Er hat es tatsächlich nicht getan…“, flüsterte er und schaute Mirkosch prüfend an, „wird der Kerl etwa anständig, auf seine alten Tage?“
Mirkosch wand sich aus seinem Griff und wollte vor ihm fortlaufen, doch im nächsten Moment stand André schon wieder vor ihm und versperrte ihm den Weg. Trat auf ihn zu und zog ihn an sich heran, legte seine Arme um ihn, was keinesfalls einer liebevollen Umarmung gleichkam, sondern wie ein starres Gerüst wirkte, welches ihn an Ort und stelle fixierte. Dann küsste er seinen Hals, seine Wange und schließlich spürte Mirkosch die kalten Lippen auf den seinen, welche er eisern verschlossen hielt.
„Ich werd´s einfach vor ihm tun. Ich werde dich hier

am Flussufer ficken. Es gibt kein Gesetz, was mir das verbietet."

Es lief Mirkosch eiskalt den Rücken herunter.

Als er hergekommen war, hatte er geglaubt, unverwundbar zu sein. Endlich stark und unabhängig, der Herr über sein eigenes Leben. Und jetzt war er zum Spielball dieser Stadt geworden. Er wollte das André verschwand, er wollte das süße Parfum, welches ihm entströmte, nicht mehr riechen, seine gehässigen Worte nicht mehr hören und das Letzte was er wollte, war Andrés Schwanz in seinem Arsch.

Er würde einfach die Augen schließen und sich nicht bewegen, seinen Fokus tief in sein Inneres richten und mit der verdammten Leere dort eins werden.

Doch plötzlich lösten sich Andrés Arme. Mirkosch riss seine Augen auf und sah, wie ein dunkler Schatten ihn fortzog und fast zehn Meter, über die Schneedecke, hin zum East River schleuderte. André schien sich augenscheinlich schon wieder berappelt zu haben und floh im nächsten Moment Richtung Fluss, dort löste er sich scheinbar in Luft auf.

Die dunkle Gestalt drehte sich zu ihm um und kam auf ihn zu.

„Kein Wunder, dass die Ratte nicht widerstehen kann, wenn du immer so traurig guckst.", sagte Freund.

„Was...?", fragte Mirkosch perplex.

„Wenn du dich verletzlich gibst, ziehst du den Ärger nur so an. Die gute alte Täter-Opfer-Dynamik. Verstehst du?"

Mirkosch schaute ihn immer noch verständnislos an, seine Sprachlosigkeit hing nicht mit Freunds Wörtern zusammen, sondern mit der Situation an sich.

„Ich kann nicht immer da sein, sobald du in Schwierigkeiten gerätst, das ist alles was ich damit sagen will. Sira hat mich benachrichtigt, dass André in Brooklyn gesehen wurde, was für ihn ungewöhnlich ist, also bin ich hellhörig geworden und habe nach dir geschaut."

Mirkosch nickte. Langsam beruhigte sich sein Herzschlag. Freund war hier, er war sicher.

„Danke...", flüsterte er.

Freund lächelte zur Antwort gequält.

„Genau das meine ich.", sagte er, „Ein bisschen Unterwürfigkeit ist ja ganz nett, finde ich persönlich sogar recht angenehm, doch benimmst du dich fast schmerzhaft schüchtern. Sensibilität ist generell keine gute Entschuldigung."

Mirkosch biss sich auf die Lippen. Was erwartete er denn von ihm? Er war gerade eben nach New York gekommen, als er schon kurz davor gewesen war, von einer Horde Vampire hingerichtet zu werden und soeben war er nur knapp einer Vergewaltigung entkommen. Dazu kam, dass sein Leben von der Gnade eines ominösen Präses abzuhängen schien.

Wie sollte daraus denn bitteschön eine positive Lebenseinstellung erwachsen? Und zusätzlich gab es da noch das Problem, dass er so verdammt hungrig war, dass er kaum noch denken konnte und ihm die

Tränen soeben schon wieder in die Augen gestiegen waren, was so verdammt demütigend war.

Seiner inneren Aufruhr zu trotz sagte er jedoch nur leise: „Ich weiß, aber ich fühle mich schrecklich schwach…"

Und dann fügte er noch zögerlich hinzu: „Ich schaff das mit den sieben Tagen nicht, ich muss trinken…"

„Eine Woche mal kein Blut, und du bekommst einen Nervenzusammenbruch. Du hältst echt nicht viel aus, kann das sein?"

Freunds irisierende Augen blickten jetzt herausfordernd in die seinen. Er schien Mirkoschs wässrigen Blick und die tiefen Schatten unter seinen Augen ungerührt hinzunehmen. Oder ihn schlichtweg dafür zu belächeln.

Das war einfach nicht fair.

Der hochgewachsene Vampir stand in einem graumelierten, fast bodenlangen Wollmantel vor ihm, seine Hände lagen locker in den Taschen, sodass die Daumen herauslugten. Er trug den Mantel offen, was den Blick auf seine weit geschnittene Tweedhose und eine dünne weiße Baumwollbluse frei gab. Seine Haltung war leger, fast abwartend und seinen Mund umspielte ein feines Lächeln. Mirkosch spürte, wie Wut in ihm hochkochte.

„Ich hab mir den ganzen Mist nicht ausgesucht! Meinst du etwa ich will, dass dieser kranke Typ mich stalkt? Und jetzt bin ich deiner Meinung nach auch noch selber Schuld, weil ich nicht genug lächele…?"

Die Worte waren ihm bereits entwichen, ehe er sich

stoppen konnte und kurz darauf schämte er sich ihrer bereits. Er hatte nicht aggressiv werden wollen, schließlich hatte ihn Freund vor André gerettet. Doch er wollte sich auch nicht schuldig dafür fühlen, dass er in diese Situation geraten war. Freund hatte gut reden, er war dieser mächtige respekteinflößende Vampir, vor dem ein André panisch floh. Wahrscheinlich belustigte es ihn regelrecht, ihn – Mirkosch - so unbeholfen durch diese Welt stiefeln zu sehen.

Und dann waren da noch Andrés Worte, er hatte sich überrascht gezeigt, dass Freund ihn noch nicht *gefickt* hatte und war dem zuvorkommen wollen. Hatte sich Andrés Abscheu tatsächlich gegen ihn gerichtet, oder war er nur ein Mittel um Freund eins reinzuwürgen? Und Freund, was wollte er wirklich von ihm? Ein wenig Ablenkung, ein wenig beiläufigen Spaß?

Es war alles ein großer Haufen Chaos.

Auf einmal wünschte er sich allein zu sein, ein Zimmer nur für sich zu haben und niemanden der ihn stören würde. Wie die Nächte in seinem Jugendzimmer in Idaho. Nur er, alleine mit seinen Büchern und Gedanken, Stunden, welche nur ihm gehörten.

„Du musst dich entspannen, Mirkosch“, erwiderte Freund lediglich. Er schaute ihn mit ernstem Blick an, nicht ansatzweise aufgebracht oder erbost über seine freche Reaktion, zumindest wirkte es so.

„Komm mit,“, sagte er, „Ich werde dir etwas zeigen.“

Dann legte er Mirkosch einen Arm um die Schultern und zog ihn sanft mit sich. Durch den Brooklyn Bridge Park, hinein in die glitzernden Straßen des leuchtfarbenen Nachtlebens.

8

Freund führte ihn eine verwinkelte Gasse hinunter. Am Ende der kleinen Straße erschien eine Tür, über welcher mit leuchtenden Lettern *le club enrosement* geschrieben stand. Ein tiefer Bass und der entfernte Klang von elektronischer Musik drang in seine Ohren.

Freund ging voran und wechselte ein paar Worte mit dem Türsteher, welcher Mirkosch neugierig musterte und dann nickte. Er erlaubte ihnen sogar, ihre Jacken und Mirkoschs, inzwischen prall mit Büchern gefüllten Rucksack in einem Nebenraum abzustellen. Dann gingen sie eine Wendeltreppe hinab, in einen überraschend voluminösen Kellerraum. Es wirkte beinahe so, als würde man ein unterirdisches Gewölbe betreten, dessen Decke mit vergoldetem Stuck ausgekleidet war, welcher die bunten Lichter, die über die Tanzfläche glitten, reflektierte.

Der Bass war rund und voll, für einen Menschen wäre er ohrenbetäubend gewesen, doch Mirkosch blieb voller Faszination stehen und ließ die Musik in seinen Körper strömen. Sie brachte nicht nur seine Ohren zum vibrieren, sondern sein ganzer

Körper reagierte auf die tiefen Bässe und die sanfteren Melodien, welche leichtfüßig über die sperrigen Flächen der Bässe hinweg rollten. Dieses Zusammenspiel der Tonlagen ließ ein Gefühl der Freude, sowie der Traurigkeit in seiner Brust aufkeimen, wie ein besonders gelungener Satz in einem Roman oder einem Gedicht es vermochte - bloße, offenliegende Schönheit, welche ihn bei ihrem Erscheinen stets überraschte.

„Warst du jemals an einem solchen Ort?", fragte Freund ein wenig irritiert, als er merkte, dass Mirkosch stehen geblieben war.

Mirkosch schüttelte den Kopf. Aber erst kurz darauf verstand er, was Freund mit *einem solchen Ort* gemeint hatte. In der Mitte des Raumes befand sich eine runde Fläche, auf welcher sich vereinzelt Tänzer bewegten, darum herum waren Stehtische arrangiert und an den Wänden standen mehrere Sitzgruppen, bestehend aus eleganten Ledersofas. Auf der gegenüberliegenden Seite des Raumes befand sich eine Bar, welche sich vor einer Wand aus beleuchteten, bunt glitzernden Flaschen befand. Und die Menschen in diesem Raum waren ausschließlich männlich, abgesehen von einigen grell geschminkten Wesen mit bunten Perücken, welche er nur in stummer Faszination betrachten konnte. Sie schwebten für ihn über jedweder Geschlechterkategorie.

„Komm schon", forderte Freund ihn auf und schaute ihn jetzt, angesichts seines Erstaunens, belustig, je-

doch freundlich lächelnd an. In dieser Umgebung wirkten seine Augen noch ein Stück irisierender, als seien sie aus grünen, blau-grauen und warmen gelben Glasteilchen zusammengeschmolzen worden. Freund lies sich auf einem Hocker an der Bar nieder und bestellte bei dem Barkeeper zwei Gläser Wodka. Mirkosch ließ sich neben Freund nieder und beäugte die Gläser skeptisch.
„Ich bin mir nicht sicher, ob du in deinem Zustand trinken solltest, aber umbringen wird es dich schon nicht.“, meinte Freund.
Mirkosch starrte ihn perplex an.
„Du willst das Zeug trinken…?“
„Sicher. Solange es möglichst reiner Alkohol ist, macht es uns nichts aus, im Gegenteil. Dieses Vergnügen teilen wir mit den Menschen. Du solltest nur keinen Wein oder irgendetwas gemixtes trinken, das wirst du nicht lange bei dir behalten können.“
„Aber es wird meinen Durst nicht stillen…“, flüsterte Mirkosch mit düsterem Blick. Die Leere in ihm machte sich wieder pochend bemerkbar. Freunds Anwesenheit hatte zwar etwas tröstliches, aber sie konnte nicht über die Schmerzen in seinen Gliedern und den Sog, welchen die Menschen im Raum auf ihn ausübten hinwegtäuschen.
„Schau mich an.“, flüsterte Freund und hob seine Hand zu Mirkoschs Gesicht. Für einen Moment fürchtete er, er würde wieder sein Kinn festhalten und ihn so zwingen, ihn anzuschauen. Stattdessen legte er jedoch nur sanft die Hand auf seine Wange, kühl

und angenehm glatt fühlte sie sich an. Und es war jetzt gar nicht mehr so schwierig seinen Blick zu erwidern. Wie könnte er es auch nicht genießen, in diese Augen schauen zu dürfen...

„Ich möchte für die Vampire in meinem Haus kein weiser Oberlehrer sein...", setzte Freund an, „Wir belügen uns selbst allesamt schon genug, da muss ich doch nicht noch weitere Lügen streuen. Das System, welches wir in den Städten geschaffen haben, ist so konstruiert, dass es für die Menschen funktioniert. Dass die Menschen beschützt werden. Es wurde nicht für Vampire gemacht. Somit ist es unausweichlich, dass du leidest, dass du dich selbst beschränken musst und dadurch in eine asketische Existenz gedrängt wirst, anders geht es nicht. Ansonsten würde dein Gewissen dich zerstören. Zum einen ist es gut, dass du noch so jung bist, du bist wahrscheinlich noch nicht zu festgefahren in deinen Werten, und plagst dich nicht übermäßig beim töten. Andererseits, birgt es auch die Gefahr, dass du den Zugang zur Menschlichkeit verlierst. Du darfst niemals vergessen, dass sie deine Mütter und Väter sind, deine Brüder und Schwestern und dass sie deine Kinder hätten seien können. Trotzdem wirst du nie wieder zu ihnen zurückkehren können, du hast sie für immer verloren."

Sobald er geendet hatte, stürzte Freund sein Glas Wodka, mit nur einem Schluck hinunter, schloss kurz die Augen, öffnete sie wieder - es wirkte als sammelte er sich kurz - und dann schaute er Mirkosch an und sagte, bestechend optimistisch lächelnd: „Und jetzt zu fröhlicheren Themen. Trink schon, mein Mirkosch."

Woraufhin Mirkosch mutig das Glas an die Lippen setzte um es hinunter zu kippen, wie er es zuvor bei Freund gesehen hatte, nur um im nächsten Moment, angewidert und hustend, den gesamten Inhalt über die Bar zu spucken. Sein Körper weigerte sich mit jeder Faser, diese Flüssigkeit aufzunehmen.

Freund lachte schallend auf. Und irgendwie war es schön ihn so zu sehen, dass er ihn, mit seinen Unzulänglichkeiten, zum Lachen bringen konnte, gab Mirkosch eine absurde Befriedigung.

„Schau dich um, Mirkosch", flüsterte Freund und lies selbst seinen Blick durch den Raum gleiten. Er war dabei sich immer weiter zu füllen, in der Mitte des Raums schlossen sich inzwischen die Lücken zwischen den Tanzenden. Überwiegend junge muskulöse Männer, teils oberkörperfrei oder in enge Shirts gekleidet, wiegten sich zum Klang der Musik. Manche tanzten Arm in Arm, andere strichen einander spielerisch über die Körper und neckten sich, mit Gesten und Bewegungen, oder schmiegten ihre Hüften an das Hinterteil des Tänzers vor sich. Und alles war in einen Dunst aus Schweiß, den Rauch von E-Zigaretten und das durchdringende Aroma von heißem Blut getaucht.

„Weißt du, du musst sie nicht töten, um von ihnen zu trinken. Du musst ihnen nur so nahe kommen, dass sie es nicht merken. Lenk sie ab, schmieg dich an sie,

press deine Lippen - als Kuss maskiert - auf ihre Hälse und dann lass wieder von ihnen ab, wandere zum Nächsten, oder zieh deines Weges, mit dieser winzigen Note von Blut in deinem Mund, wie eine Praline, nichts was dich sättigt, aber es schenkt dir eine Prise Wohlgefühl, eine Prise Hoffnung."
Mirkoschs Brust zog sich zusammen. Er hatte zuvor schon daran gedacht so etwas zu versuchen, doch es nie gewagt.
„Was ist, wenn ich es nicht schaffe aufzuhören...?", murmelte er.
„Dann stehe ich hinter dir und zieh dich fort."
Mirkosch nickte zögerlich, ließ sich vom Hocker gleiten und ging langsam auf die sich wiegende Masse aus tanzenden Menschen zu. Die Musik durchströmte noch immer allgegenwärtig seinen Körper, doch je weiter er sich den Menschen näherte, desto lauter wurde das Pochen ihres Herzschlags und ging irgendwann eine seltsame Fusion mit der Musik ein. Er mischte sich unter die Tanzenden, ließ seinen Körper auf die Musik reagieren und begann sich zu bewegen, erst in vorsichtigen kreisenden Bewegungen, ließ dann seine Füße im Rhythmus des Basses auf dem Boden auf und ab tanzen und wandte sich schließlich einem halbnackten Tänzer zu, welcher ihn neugierig beäugte und sich ihm langsam näherte. Der Mann umfasste seine Hüften mit seinen Händen und drückte sich an ihn, während sie sich weiterhin zum Takt der Musik bewegten. Mirkosch war kleiner als der Mann, somit befand sich

sein Gesicht jetzt auf der Höhe der schweißbedeckten Brust und seines glattrasierten Halses, wo er deutlich die Pulsadern arbeiten sehen konnte. Er schloss die Augen für einen Moment, als der Geruch des Mannes überwältigend wurde, im nächsten Moment spürte er seine heißen Lippen auf dem Mund. Neben seinem Durst keimte nun ein weiteres Gefühl in ihm auf: Verlangen. Es war schon viel zu lange her, und der harte Druck der Hüften des Mannes gegen die seinen, half nicht dabei ihn abzukühlen...

Mirkosch ließ seine Lippen, in einem tranceartigen Zustand, weiter zum Hals des Mannes wandern, küsste ihn dort, saugte an der salzigen Haut, sodass dieser überrascht aufstöhnte und dann versenkte er tatsächlich seine Zähne in ihm. Ganz langsam, nicht zu tief, sodass keine zu große Wunde entstand, nur zwei unscheinbare Punkte, durch welche jetzt zarte Ströme aus Blut in seinen Mund sickerten. Er hörte sich selber aufstöhnen, während das Elixier seinen Rachen hinabrann.

Neinneinnein, wie sollte er es jemals schaffen aufzuhören? Das hier war *alles*, was er sich je gewünscht hatte. Es war es wert, *alles* zu verlieren - kein Gefühl, keine Zukunft, konnte sich mit *diesem Jetzt* messen.

Dann war es, als würde ein weißer Blitz durch all seine Sinne zucken und der Blutfluss verstummte. Stattdessen legten sich kühle Lippen auf die seinen, eine Zunge drängte sich in seinen Mund und sein Körper wurde gegen einen anderen gepresst. Er wusste nicht wie im geschah, doch der Kuss schien gar

kein so schlechter Ersatz für das Blut zu sein und in seiner noch anhaltenden Trance, ließ er sich in die Umarmung sinken und erwiderte den Kuss gierig.
Zu seiner Enttäuschung ließ sein Gegenüber schließlich von ihm ab und schob ihn sanft ein Stück von sich fort. Mirkosch riss die Augen auf und blickte in das Gesicht Freunds.
„Das müssen wir aber nochmal üben…", flüsterte Freund.
„Was…?", erwiderte Mirkosch verdattert.
Freund lächelte.
„Nicht letzteres, aber das mit dem *nur ein paar* Schlucke trinken."
Erst langsam schob sich das eben Geschehene in Mirkoschs Bewusstsein. Freund hatte ihn *geküsst*.
Er hatte ihn von seinem Opfer fortgezogen und ihn mit dem Kuss erfolgreich vom Bluttrinken abgelenkt.
„Ist er okay…?", rang er sich schließlich zu fragen durch. Er schaute sich nach ihm um, was eine wunderbare Ausrede darstellte, um Freund nicht weiter in die Augen schauen zu müssen.
Sein Herz schlug ihm bis in den Hals. Wie zum Teufel sollte er sich jetzt Freund gegenüber verhalten? Nicht, dass der Kuss ihm unangenehm gewesen wäre, eher im Gegenteil…
Dort, in der Menge, erkannte er den Mann, von dem er eben getrunken hatte. Er bewegte sich, als sei nichts passiert, trunken und selig, zum Takt der Musik.
„Ja, offensichtlich. Aber ich habe deinen Hunger wohl

unterschätzt. Dir war alles egal, du hättest alleine niemals aufgehört zu trinken, habe ich recht?"
Widerwillig nickte Mirkosch. Er schämte sich dafür, derartig die Kontrolle verloren zu haben. Ein weiteres Mal war er der Gnade Freunds ausgeliefert gewesen. Freund zuckte allerdings nur gleichmütig mit den Schultern.
„Das passiert, du wirst es mit der Zeit lernen", meinte er beschwichtigend, als wäre das Ganze nicht so tragisch. Als hätte sich Mirkosch beim Gemüseschneiden in den Finger geschnitten. Als gebe es mehrere Versuche, wenn ein Leben auf dem Spiel stand.
Nachdem sie ihre Jacken und Mirkoschs Rucksack abgeholt hatten, folgte er Freund nach draußen auf die Straße. Draußen angekommen, lehnte Freund sich gegen die Häuserwand und zündete sich eine Zigarette an. Es hatte wieder angefangen zu schneien. Nur ganz leicht, ein paar winzige Flocken stahlen sich vom Himmel, so leicht, dass sie wie in Zeitlupe zu fallen schienen, als er seinen Blick nach oben richtete, schienen es jedoch nicht nur ein paar wenige, sondern ein Meer aus Milliarden zu sein.
„Komm her.", forderte Freund ihn auf. Mirkosch schritt diesen einen Meter, welcher sie noch trennte, auf ihn zu und dann ließ er es zu, dass Freund, geistesabwesend wirkend, durch sein Haar strich, während er den Zigarettenrauch durch seine Nasenlöcher entweichen ließ. Als er seine Hand wieder zurückziehen wollte, griff Mirkosch nach dieser, drückte sie und überquerte auch noch die letzten paar Zentimeter,

welche noch zwischen ihnen lagen. Er stellte sich auf seine Zehenspitzen und legte seine Lippen auf Freunds. Sie waren kühl, doch weich, und nur zögerlich schien der Vampir seinen Kuss zu erwidern, sodass Mirkosch schon versucht war, sich wieder zurückzuziehen und beschämt abzuwenden. Doch dann fasste Freunds Hand seinen Nacken und zog ihn noch enger zu sich heran. Erneut drang er mit seiner Zunge in Mirkoschs Mund und küsste ihn so lange, dass Mirkosch schließlich seine Hände auf Freunds Brust legte und anfing über seinen Körper zu streicheln. Über diese harte muskulöse Brust und weiter hinab. Als seine Hände bei Freunds Hose angelangt waren, schob dieser ihn jedoch demonstrativ von sich fort.

„Immer langsam, junger Mann...“, murmelte er.

Seine Zigarette war inzwischen ausgegangen, sodass er sich eine Neue anstecken musste. Merkwürdigerweise wirkte es auf Mirkosch, als war es nun an Freund seinem Blick auszuweichen und als entzünde dieser die Zigarette nur zu jenem Zweck.

„War das zu viel...?“, fragte Mirkosch, „Hätte ich nicht -“, setzte er an, Freund unterbrach ihn: „Denk nicht darüber nach, Mirkosch. Ich habe dir da unten einen Kuss gestohlen, aber mehr schuldest du mir nicht.“

Mirkosch schluckte. Darum ging es ihm doch gar nicht, er hatte Freunds Nähe genossen, ja, und ein wenig hatte er sich auch vor der Stille gefürchtet und sie zu füllen gesucht.

„Du kannst heute Nacht im Haus ruhen. Morgen

Nacht darfst du von mir aus Jagen gehen, dann werden wir es sieben Tage nennen..."
Mirkosch schüttelte ablehnend den Kopf.
„Ich komm schon klar...", murmelte er. Er wollte ihm nicht weiter zur Last fallen, und die wenigen Tropfen Blut von dem Tänzer, schienen ihn bereits etwas gestärkt zu haben.
Freund schaute ihn daraufhin streng an und seufzte, als sei er von ihm genervt.
„Es ist sicherer. Du siehst furchtbar aus. In deinem Zustand hast du keine Chance dich gegen André zur Wehr zu setzen. Also bitte, keine Widerworte!"
Eigentlich war Mirkosch erleichtert. Er wollte nicht zurück unter die Brücke, die Sekunden zählen, bis er sich nähren konnte und die Welt in seiner Wahrnehmung nicht mehr ein so beschissen trister Ort seien würde. Bis er wieder in die Welten in seinen Büchern eintauchen und die Schönheit der weihnachtlich erleuchteten Geschäfte würdigen konnte.
Also flüsterte er nur ein dankbares *okay.* Und folgte Freund durch die Straßen, hin zu dem Apartment, in welchem er ihn das erste Mal getroffen hatte.

Es stellte sich heraus, dass das Apartment riesig war. Von dem ohnehin schon großen Wohnzimmer, in welchem Freund ihn und Sira damals empfangen hatte, ging ein Flur ab, von dem Zimmer um Zimmer abzweigten, bestimmt sechs an der Zahl.
Freund öffnete eine Tür am Ende des Flures. Es war spärlich möbliert, mit einem Bett, einem roten Per-

serteppich, einer kleinen Kommode und einem angelaufenen, mannshohen Wandspiegel. Er wies ihn an ins Zimmer zu gehen, nur um kurz darauf zu verschwinden. Als er wieder kam, hielt er einen Schlüssel in der Hand.
Freund runzelte die Stirn und presste die Lippen aufeinander, so als fiele es ihm schwer das Folgende zu sagen: „Wenn du willst, kannst du für eine Weile bleiben. Hier leben ein paar Vampire, welche ein- und ausgehen, wie es ihnen beliebt. Dieses Apartment ist sozusagen der Fluchtpunkt, für die Vampire von Brooklyn."
Mirkosch starrte ihn verdattert an, er brauchte ein wenig, um das Gesagte zu verdauen, bevor er nach dem Schlüssel griff.
„Ernsthaft...?", fragte er, als er schon das Metall des Schlüssels in seiner Hand spürte.
„Ja, ernsthaft. Aber mach es dir nicht zu gemütlich. Das ist nur für die Anfangszeit!", antwortete Freund mit strengem Blick.
Mirkosch nickte und unwillkürlich entfaltete sich ein strahlendes Lächeln auf seinem Gesicht.
„Danke", flüsterte er und blickte Freund dabei geradewegs in die Augen.
Freund schaute ihn weiterhin skeptisch an, setzte dazu an etwas zu sagen, doch er brach ab, nickte nur zum Abschied und verließ den Raum. Er schloss leise die Zimmertür hinter sich.

Freund

9

Als das bläuliche Morgenlicht allmählich durch die Vorhänge drang, öffnete Mirkosch seine Augen. Die vergangenen Stunden hatte er eingemummt in Decken, eingerollt in Embryostellung verbracht. Es war fast wie Schlaf gewesen, so ruhig waren seine Gedanken geworden. Er hatte sich das Zimmer wie eine Höhle vorgestellt. Eine sichere warme Höhle, verborgen vor allen Blicken, tief in der Erde und direkt neben ihm befand sich eine zweite Höhle, in welcher Freund ruhte. Ganz entfernt hatte er geahnt, dass dies nur eine schöne Illusion war, doch das hatte ihn nicht gestört. Für diese eine Nacht, durfte er sich dieser Illusion hingeben, und, mit ein wenig Glück, auch länger.
Er drehte sich auf den Rücken und schaute an die weißverputzte Decke. Aus einem kleinen, ovalen Stuckornament entsprang eine kupferne runde Lampe. Um ihr Kabel, und auch in den Ecken des Raumes, waren feine Spinnweben gesponnen.
Wie seltsam, der Durst war noch da, noch immer drängend und schmerzend in seinen Gliedern, doch er verspürte keinen Impuls aufzuspringen und sich

ein Opfer zu suchen. Er wollte hier liegen bleiben und die Stille genießen. In diesem Zimmer, welches, wenn auch nur für eine kurze Zeit, nur ihm gehörte.
Er rollte sich auf die Seite und griff nach einem der Bücher, welche er in der Nacht zuvor neben das Bett, auf den hölzernen Boden, gelegt hatte und begann zu lesen. Stunden vergingen so. Irgendwann, gegen nachmittag, strich er den Vorhang zur Seite und beobachtete den Schnee, wie er ruhig und gleichmäßig fiel. Auf der gegenüberliegenden Straßenseite waren schon die Lichter in den Fenstern der Gebäude angegangen. Er konnte beobachten, wie Menschen vor Computern saßen und geschäftig hin und her rannten und da war er wieder, dieser etwas stechende Schmerz in seiner Brust, dieser Gedanke, an zähes dickes Blut. Um Mitternacht würde es endlich soweit sein.
Er entschloss sich aufzustehen. Zog seine Jeans und seinen grauen Hoodie über und stellte sich vor den Spiegel, um sein Haar glatt zu streichen. Freund hatte recht gehabt, er sah wirklich furchtbar aus. Seltsam abgemagert, und die Ringe unter seinen Augen erinnerten ihn an einen Totenschädel. Das seine Haut schneeweiß war, half nicht den Eindruck zu verdrängen.
Die Wohnung schien verlassen, dachte er, als er in den Wohnraum trat. Kein Geräusch deutete darauf hin, dass sich in den verschlossenen Räumen jemand befand. Ein wenig hatte er gehofft Freund anzutreffen.

Schließlich ging er nach draußen. Wilde Freude überkam ihn bei der Wahrnehmung der winterlichen Luft und der Berührung der Schneeflocken. New York hatte seine Schönheit zurückerlangt, jetzt wo er einen Rückzugsort hatte.
Er machte sich zu einem langen Spaziergang auf und kam schließlich nach Coney Island. Vor ihm eröffnete sich der Anblick eines bunten Vergnügungsparks, zwar waren die meisten Attraktionen aufgrund des anhaltenden Schneefalls still gelegt worden, doch an den Buden reihten sich trotzdem gut gelaunte Menschen und nahmen zuckrige, frittierte Süßigkeiten zu sich. Mirkosch ging zum Strand hinab und verbrachte die Stunden der anbrechenden Nacht am Wasser sitzend.
Es war inzwischen dunkel geworden und nur vereinzelt passierten ihn noch Spaziergänger am Strand. Er saß dort und lauschte in die Nacht hinein, hörte das brandende Meereswasser auf und ab fließen, das Geräusch von Autos in den Straßen, die leisen Stimmen der Menschen, von denen die meisten jetzt in ihre Wohnungen zurückgekehrt waren und sich schlafen legten, und dann erklang das leise Geräusch von Glocken, welche Mitternacht ankündigten.
In den engen Gassen, zwischen den Casinos, im Schatten des leuchtenden Riesenrads von Coney Island, wurde er fündig. Er war ein älterer Mann, welcher gerade aus einem Hinterausgang gestolpert kam; billiger Anzug, stechende Alkoholfahne, mehr wusste Mirkosch nicht über ihn, nur dass er ihn lang-

sam austrank, jeder Tropfen war so wertvoll, und so voll und nährend, dazu da, um die Farben seiner Welt noch strahlender zu machen - *welche absurde, wunderbare Welt das war...*

Als er in das Apartment zurückkehrte, war es schon weit nach zwei Uhr nachts. Die Wohnung lag leer und dunkel da. Auf dem Tisch ein voller Aschenbecher und zwei Bildbände: Einer porträtierte einen zeitgenössischen amerikanischen Künstler, der andere war über Caspar David Friedrich. Auf dem Titelbild war eine Schneelandschaft abgebildet, eine dunkelgrüne Tanne und im Hintergrund der dunkle Schatten eines Schlosses im Nebel. Daneben stand ein fast leeres Glas, die Restflüssigkeit dampfte den sterilen Geruch von klarem Alkohol aus.
Mirkosch wandte sich ab, um in sein Zimmer zu gehen, doch in der Mitte des Flures stoppte er. Sein Blick war auf die Tür ganz am Ende des Ganges gerichtet, hinter der seinigen. Er war sich sicher, dass dort Freunds Zimmer lag. Sein Herz begann schneller zu schlagen, und diesmal war sein Körper gefüllt von Blut, welches wild durch ihn hindurch pulsierte. Ein berauschendes Gefühl. Die Leere und dieses verdammte Gefühl der Schwäche waren nur noch ein Schatten ihrer einstigen überwältigenden Existenz.
Freund war dort, in jenem Zimmer. Er spürte seine Anwesenheit und er wollte zu ihm. Wie schrecklich es wäre, dachte Mirkosch, wenn er jetzt einfach in sein eigenes Zimmer ginge und dann die Nacht wach

lag, nur um diesem Gefühl nach zuhorchen. Nicht mehr der Gier nach Blut, sondern diesem ganz anderen Verlangen. Würde er denn für immer Sklave eines Verlangens sein, sei es Blut, sei es Lust, sei es Liebe...?

Er ging auf die Tür zu und ehe er sich stoppen konnte, drückte er langsam die Klinke nach unten und stand in Freunds Zimmer.

Es war größer als das seinige. In der Mitte stand ein riesiges Himmelbett und zu beiden Seiten schien nächtliches Licht durch die Fenster. Es wirkte, als würde sich das Haus in seiner Form hin zu diesem Zimmer verjüngen.

Auf dem Bett lag eine Gestalt, still und im Schatten der halb zugezogenen Vorhänge des Bettes. Doch die in den Raum eindringenden nächtlichen Lichter waren stark genug, um Freunds blasse Haut sich seltsam prägnant, von den dunklen Kissen und Decken absetzen zu lassen.

Mirkosch ging auf ihn zu und ließ sich auf der Bettkante nieder. Freund hatte die Augen geschlossen und atmete ruhig, als würde er schlafen. Aber das war nicht möglich, das taten Vampire nicht.

Er trug wieder seinen seidenen purpurfarbenen Morgenmantel und hatte die Arme locker zu den Seiten ausgestreckt. Strähnen seines dunklen, mit grauen Strähnen durchzogenen Haares lagen ihm wirr im Gesicht.

„Es ist unhöflich, nicht anzuklopfen“, bemerkte Freund auf einmal leise. Doch ansonsten blieb er regungslos, mit geschlossenen Augen liegen. Mirkosch schaute ihn an und plötzlich wurde er ganz ruhig. Wenn er gewollt hätte, dass er geht, hätte er es gesagt. Er hätte ihn, mit einem furchterregendem Funkeln in den Augen, nach draußen befördert. Doch das tat er nicht. Er blieb einfach weiterhin entspannt liegen.

Mirkosch ließ seine Augen über Freunds Körper gleiten, dorthin wo seine sanft beharrte Brust hervor schaute und wo seine Beine, zwischen dem Schlitz, des nur locker zusammengeschnürten Morgenmantels, sichtbar waren.

Für einen Moment fragte sich Mirkosch, was Freund wohl als Mensch für ein Mann gewesen war. Dann legte er seine rechte Hand auf sein Bein und strich langsam nach oben, unter den glatten schimmernden Stoff.

„Es mag sein, dass ich dir nichts mehr schulde, auch wenn das wahrscheinlich nicht stimmt...", setzte Mirkosch an, „aber darum geht es mir gar nicht, ich will dich, ganz selbstsüchtig. Wenn dir das nicht passt, sag mir einfach, dass ich gehen soll."

Er führte seine Hand langsam weiter zu Freunds Hüften hinauf, jener blieb stumm. Er war unter dem Stoff des Morgenmantels nackt, wie Mirkosch zu seiner Befriedigung feststellte. Vorsichtig nahm er Freunds Geschlecht in die Hand, merkte, wie es bei seiner Berührung langsam hart wurde, und beugte sich dann darüber, um es zu küssen, über seine Eier zu lecken und es schließlich in den Mund zu nehmen,

inzwischen straff und groß. Er hörte, wie Freund scharf einatmete und ihm dann ein leises Stöhnen entwich. Freunds Hand fuhr in Mirkoschs Haar und drückte seinen Kopf hinab, sodass der Schwanz tief in seinem Rachen verschwand und er würgen musste, bis Freund den Druck seiner Hand wieder abschwächte, nur um ihn im nächsten Moment erneut nach unten zu drücken. Dann zog er Mirkosch wieder nach oben, richtete sich selber auf, drückte seine Lippen auf Mirkoschs und küsste ihn so lang und intensiv, wie am Abend zuvor vor dem Club.
„Zieh dich aus.“, flüsterte er und war schon dabei, Mirkosch seinen Pullover über den Kopf zu ziehen, dann das T-Shirt. Mirkosch knöpfte seine Jeans auf und entledigte sich dieser, sowie seinen Boxershorts. Freund drückte ihn auf die Matratze, hielt einen Moment inne und blickte ihn mit ernsten Augen an, strich ihm das Haar aus der Stirn, küsste seinen Hals und strich über seine unbehaarte glatte Brust, bevor er ihn auch dort küsste. Er legte sich zwischen Mirkoschs Beine und Mirkosch spürte, wie sein Geschlecht, voller Verlangen, fast schmerzhaft spannte. Freund setzte seinen Schwanz an seinem Hintern an und stieß vorsichtig in ihn hinein, immer tiefer und tiefer. Mirkosch kniff die Augen zusammen und stöhnte auf, sowohl aufgrund von Schmerz, als auch Lust. Dann lag Freund auf ihm, Brust an Brust, sein Gesicht nur wenige Zentimeter von Mirkoschs Gesicht entfernt und begann langsam, sich in ihm zu bewegen, während seine Augen funkelnd auf ihn

hinabschauten. Mirkosch gewöhnte sich bald daran, von ihm gefüllt zu werden und dem Schmerz wich ein reines Lustgefühl. Mit drängenden Augen erwiderte er jetzt Freunds Blick, schwer atmend und so verdammt gierig, diesem Mann so nah wie irgend möglich zu sein.

Er kam vor Freund, es war ihm unmöglich gewesen, sich weiter zu zügeln und Freund registrierte das mit einem Grinsen und einem zärtlichen Kuss, bevor er sich daran machte, immer härter in ihn hineinzustoßen, bis er sich schließlich in ihm ergoss, die Augen mit einem Ausdruck, gemischtt aus Leid und Ekstase zusammenkniff und seufzend von ihm runter rollte.

Mirkosch blieb still liegen, die Augen geschlossen. Irgendwo in der Ferne hörte er Sirenen und direkt vor dem Fenster, das Geräusch des fallenden Schnees.

„Aber du schläfst nicht hier…“, murmelte Freund und riss Mirkosch damit unsanft aus der wohligen Entspannung, die ihn gerade überkam. Er setzte sich auf, strich sich das wirre Haar aus dem Gesicht und schaute sich nach seinen Klamotten um, nur um Freunds überraschten Blick zu begegnen.

„Ach, jetzt gehorchst du also? Erst besitzt du die Dreistigkeit hier reinzukommen und mich zu belästigen, und jetzt ist es so enttäuschend leicht dich los zu werden?“

Mirkosch schaute ihn verblüfft an.

„Ich…“, setzte er an und brachte dann nur ein leises „Sorry…“ heraus.

Doch Freund hatte sich schon aufgerichtet, schüttelte lächelnd den Kopf und legte eine Decke um Mirkosch. Er zog in mit sich hinab in die Kissen und drückte ihn eng an sich heran, legte seine Lippen auf Mirkoschs Stirn und flüsterte: „Bleib einfach bei mir, für diese eine Nacht…“

10

Sira

An diesem Morgen hatte Sira noch mit Allan einen Kaffee getrunken. Das heißt, er hatte ihn getrunken, sie hatte nur an ihm gerochen, das weiße Porzellan an ihren Lippen gespürt und ihn dann wieder abgesetzt. Das war ungewöhnlich, eigentlich verabschiedete sie ihre Klienten immer direkt und setzte sich nicht noch mit ihnen in die Hotellobby.

Sie hatte ihm erklärt, dass sie heute Abend, der 24. Dezember, nicht mit ihm Essen gehen würde. Er hatte nur genickt, nicht einmal versucht, sie vom Gegenteil zu überzeugen. Sie war ein wenig schwermütig bei seinem Gesichtsausdruck geworden, er hatte nicht einmal ernsthaft gehofft, dass sie ja sagen würde. Es sollte einfach nicht sein.

Es sollte einfach nicht sein. Wie oft hatte sie sich selbst gegenüber diesen Satz verwendet? Manchmal fragte sie sich, ob er schlichtweg eine Ausrede war, um sich nicht all den Problemen einer Beziehung stellen zu müssen. Auch, als sie sich damals von Freund getrennt hatte, hatte sie sich auf ihr Bett gelegt, eine Zigarette angezündet, einen tiefen Zug genommen

und sich zurückgelehnt, die Augen geschlossen und gemurmelt: „*Es sollte einfach nicht sein.*“
Andererseits hatte *das* wirklich nicht seien sollen. Sie hatte ihn verrückt gemacht, war viel zu aufgedreht gewesen in ihrer Art. Er brauchte ein erdendes Element. Dass er sich zu diesem Zweck dann stets irgendwelche sterblichen Jünglinge ausgesucht hatte, welche er auf Teufel komm raus nicht verwandeln wollte, war allerdings auch nicht die ideale Lösung für ihn.
Nach dem Treffen mit Allan war sie nach Hause gegangen, hatte ein Bad genommen und dann war sie in ein neues Kleid geschlüpft. Ein weißes, leicht cremefarbenes, enganliegendes Spitzenkleid, mit kleinem Stehkragen und dazu ein rotes Samtjackett, das viel zu groß für sie war, sodass sie die Ärmel hochkrempeln muss. Erst vor kurzem hatte sie es in einem Edel-Secondhand-Laden für Männer erstanden. Sie zog eine dunkelblaue Nylonstrumpfhose über die Beine und schlüpfte, zur Abwechslung mal, in flache Lederstiefel. Letztendlich machte es den Weg durch die schneebedeckten Straßen schon einfacher und sie wurde, aufgrund ihres leichtfüßigen, fast schwebenden Vampirganges, nicht unnötig von irritierten Sterblichen angestarrt.
Am frühen Nachmittag verließ sie ihre Wohnung und erstand bei einem Händler an der Straßenecke einen Tannenbaum. Er war größer als sie und in ein weißes Plastiknetz gehüllt. Sie fuhr mit ihren Fingern durch die Maschen und trug ihn neben sich her,

als würde er nichts wiegen. Auf der Hälfte des Weges stoppte sie noch bei einem Spirituosenhändler und erstand den teuersten russischen Wodka, den sie finden konnte. Ein ausgefalleneres Geschenk für Freund fiel ihr nicht ein.

Als sie aus dem Aufzug trat und angekommen in Freunds Apartment den Baum unwirsch auf den Teppich warf, eröffnete sich ihr ein ungewohntes Bild: Freund saß am Kopfende des langen Tisches in der Mitte des Raumes, er trug den üblichen Morgenmantel und hielt in der rechten Hand eine qualmende Zigarette. Vor sich hatte er eine Reihe Bücher ausgebreitet; Bildbände, ein Notizbuch und ein paar nicht zu identifizierende Wälzer – soweit nichts ungewöhnliches. Doch auf dem Sofa vor dem Fenster lag Mirkosch, auf dem Bauch liegend ausgestreckt, seine Augen ebenfalls in ein Buch vergraben.

Hatte sie etwa tatsächlich den richtigen Riecher gehabt, als sie den Jungen im Central Park aufgelesen hatte? Sollte er tatsächlich der geeignete Gefährte für Freund sein?

Sie musste unwillkürlich Lächeln und zwang sich einen unangebrachten Kommentar runterzuschlucken.

Freund blickte auf, schaute erst zu ihr, dann zu dem nun auf dem Boden liegenden Tannenbaum, als wollte er sagen: „Nicht dein Ernst, oder?“

„Ich hoffe, du hast noch den Baumschmuck, den wir 1999 gekauft haben?“, fragte sie stattdessen.

Freund schaute sie perplex an, dann runzelte er die

Stirn und stand tatsächlich auf, um in den dunklen Flur zu verschwinden. Hoffentlich um ihn zu suchen, dachte Sira.

Sie ließ sich auf einem der Stühle nieder, zog aus ihrer Tasche ein frisches Päckchen Menthol-Zigaretten und steckte sich eine an.

„Nun, Mirkosch, es läuft also gut zwischen euch beiden, sehe ich das richtig?“, fragte sie und nahm einen tiefen, erfrischenden Zug von ihrer Zigarette.

Mirkosch hatte sein Buch zur Seite gelegt und sich aufgesetzt. Sein Gesicht verriet eindeutig, dass er peinlich berührt war. Wurde er sogar rot?

„Zumindest siehst du wieder wie ein lebendiges Wesen aus…“, meinte sie, als er immer noch nicht antwortete.

Tatsächlich waren seine tiefen Augenringe verschwunden und seine Haut hatte ein wenig Farbe angenommen. Er war immer noch blass, aber nicht mehr so blass wie eine antike Statue. Nur dieser alte Hoodie, den er da trug, und die verblichene Jeans, sie musste dringend etwas dagegen unternehmen…

In diesem Moment kam Freund mit einem Pappkarton im Arm zurück und befreite Mirkosch aus der Verlegenheit, doch noch antworten zu müssen.

„Darling, ich muss mit Mirkosch shoppen gehen, meinst du nicht auch?“, fragte sie Freund. Jener stellte mit einem dumpfen Knall, den Karton vor ihr auf dem Tisch ab. Eine rot-grüne, glitzernde Girlande quoll aus ihm hervor.

„Andererseits, was weißt du schon davon, du läufst

den ganzen Tag in einem Morgenmantel herum..."
„Wenn ich dir verraten würde, was das Teil gekostet hat, meine Liebe...", murmelte er abwesend wirkend und öffnete den Karton. Fischte als erstes einen goldenen Engel hervor, welcher wohl für die Baumspitze gedacht war, und dann eine große Anzahl goldener und roter Kugeln, die ungebremst über den Tisch rollten, woraufhin eine der Kugeln auf dem Boden zerschellte.
„Vielleicht bauen wir den Baum erstmal auf", schaltete sich Mirkosch jetzt ein. In just diesem Moment war Freund am Boden der Kiste angelangt und zog einen Baumständer hervor und reichte ihn Mirkosch.
Sira war verblüfft, mit welchem Enthusiasmus Mirkosch sich der Aufgabe widmete; Wie er den Baum ins Lot brachte und schließlich fein säuberlich die Kugeln aufhing, wobei sie ihm erst zur Hand gehen wollte, sich dann aber dazu entschied, die alte Lichterkette zu entwirren, um sie um den Baum zu legen.
Freund beobachtete die beiden stumm rauchend, doch schließlich wand er sich ab, trat ans Fenster und schaute melancholisch wirkend in die Dämmerung hinaus.
Sie überließ Mirkosch den Baum und trat zu Freund ans Fenster.
„Was ist los?", flüsterte sie.
„Du wusstest, dass er mir gefallen würde, als du ihn hergebracht hast..."

„Ja und, ist das was schlechtes?“
„Er ist so verdammt jung, noch fast ein Kind...“
„Das denkst du nur, weil du so alt bist. Du erinnerst dich nicht mehr daran, wie es war siebzehn zu sein, ich fürchte wir haben uns damals nicht für Kinder gehalten...“
Freund schwieg. In manchen Dingen war er so schrecklich verkopft, so moralisch, dass es nervte, in anderen Dingen konnte er grundlos grausam sein. Er wäre nicht der Präses des *House of Brooklyn* geworden, wäre er zimperlich darin gewesen, seiner Meinung Nachdruck zu verleihen.
„Es ist ja nicht so, als würdest du bald in Rente gehen oder dass du Mirkosch mit deiner Zuwendung irgendetwas wegnehmen würdest. Bei deinen menschlichen Geliebten habe ich deine Skrupel ja verstanden, aber Mirkosch hat seine Zukunft doch eh schon verspielt.“
Als sie letzteres sagte, trat ein Ausdruck von Schmerz auf Freunds Gesicht.
„Vielleicht ist es das,“ murmelte Freund jetzt, „Ihm wurde so vieles gestohlen...“
Sira seufzte.
„Für mich sieht es gerade nicht so aus, als würde ihm irgendetwas fehlen. Er errötet ja schon, sobald du ihn nur ansiehst, so verknallt scheint er zu sein. Vielleicht geht es hier eher darum, was dir genommen wurde, du trauerst deinem eigenen Leben nach...“
Freund schüttelte abwehrend den Kopf.
Dann trat er zum Tisch, drückte seine Zigarette aus

und murmelte mürrisch: „Na gut, mein schönster Anzug soll es sein, nur für euch beide."
Er verschwand den Flur hinab, in seinem Schlafzimmer.
Mirkosch war gerade dabei, sich auf seine Zehenspitzen zu stellen und den goldenen Engel auf die Spitze zu stecken, als er fertig war, schenkte er ihr sein schönstes Lächeln. Als sei er ein Kind, kurz vor der Bescherung. Sie trat zu ihm, legte ihren Arm um ihn, und sie schauten gemeinsam in das Meer aus Glitzer, gespeist von billigem Baumschmuck und dem flackernden Licht der winzigen Glühbirnen.

11

Anfangs fühlte Mirkosch sich wie schockgefroren, bei dem Anblick der großen Anzahl an Vampiren, welche plötzlich den Raum bevölkerten; Es waren sicherlich mehr als fünfzehn an der Zahl. Aus irgendeinem Grund hatte es in seiner Vorstellung immer nur ihn, Sira und Freund gegeben, aber natürlich existierten in Brooklyn noch mehr Vampire als nur sie drei. Manche der Anwesenden beäugten ihn neugierig während sie mit Sira tuschelten, andere schenkten ihm kaum Beachtung. Doch schon nach kurzer Zeit, fühlte sich die Situation immer normaler an und sogar die Vampire sahen immer *normaler* aus. Nur ein bisschen blasser als die Sterblichen es waren, in ihren Bewegungen etwas kontrollierter, ruhiger und graziler und ihre Augen reflektierten das Licht stärker, als seien sie Katzen, gefangen in Menschenkörpern.

Unter ihnen befanden sich alte und jung aussehende Vampire, Männer und Frauen, sie waren festlich gekleidet, teils wirkten sie auf den ersten Blick so profan, fast spiessig, dass Mirkosch schmunzeln musste.

Er saß alleine auf dem Sofa vor der Fensterfront,

und eigentlich gefiel er sich ganz gut in seiner Rolle als Beobachter. Freund wurde ständig von irgendjemanden in Beschlag genommen und schien von einem langen, ernst wirkenden Gespräch in das nächste zu gleiten. Er sah so verdammt gut aus, in seinem dunkelblauen Smoking und dem mit Pomade zurückgestrichenen Haar. Mirkosch musste sich dazu zwingen, ihn nicht die ganze Zeit anzustarren.
Zwischendurch setzten sich zwei junge Frauen zu ihm und fragten ihn aus; wo er herkam, wie er Freund getroffen hatte und so weiter. Sie waren beide in adrett gebügelte Bundfaltenhosen gekleidet. Die Eine trug dazu ein dunkelrotes Hemd, die Andere, ein Gänseblümchen-weißes Top, welches ihre muskulösen Arme betonte. Als er Andrés Namen erwähnte lachten sie auf, und als sie sein verwirrtes Gesicht bemerkten, erklärte die eine: „André ist wie ein verwundetes Tier, das um sich schlägt. Der Präses von Manhattan hat sich vor kurzem von ihm getrennt und nicht lange davor war es noch Freund, welcher ihn vor die Tür gesetzt hat."
„Freund war mit André zusammen?", fragte Mirkosch entsetzt. Doch die Frau schüttelte abwehrend den Kopf.
„Das hat er sich vielleicht gewünscht, jedoch waren es nur ein paar heiße Nächte und das wars. Freund wollte ihn nicht in seinem Haus haben. André ist nunmal voller Scheiße, und irgendwann merkt das jeder.", meinte sie und verdrehte die Augen, als hätte sie selbst schon die Erfahrung gemacht, nur um

schmachtend hinzuzufügen: „Wäre er nur nicht so hübsch…"
Daraufhin hatte sich ein Splitter in sein Herz gebohrt. So glücklich er auch war über die vorangegangene Nacht, deren Erinnerung, über den Tag hinweg, immer wieder durch seinen Geist gezogen war und ihm wohlige Schauer durch den Körper gesendet hatte, so sehr ahnte er auch, dass sein Glück fragil war. Es gab keinerlei Sicherheit dafür, dass Freund ihn nicht morgen schon wieder von sich stoßen würde, oder bereits heute Nacht.
Doch kurz darauf hatte sich Sira zu ihm gesetzt, die Augen über das Gesagte verdreht und gemeint: „André ist verzweifelt auf der Suche nach Macht, und da er als Vampir zu schwach ist, versucht er sich bei denen an der Spitze der Nahrungskette einzuschleimen. Ich glaube kaum, dass er mit Freund im Bett war, der riecht sowas. Ein mieser Charakter macht hässlich."
Mirkosch hatte seinen Kopf gegen die Sofalehne gelegt und Sira nachdenklich angeschaut. Sie war heute besonders hübsch, er würde ihr eines Tages noch einmal sagen müssen, wie dankbar er für all das war, was sie für ihn getan hatte, und überhaupt, dass sie jemanden wie ihn in ihrem Leben haben wollte.
„Und denkst du nicht, dass ich vielleicht auch so bin? Vielleicht finde ich ihn ja nur so toll, weil er mir Sicherheit bietet?", fragte er zögerlich.
Das war tatsächlich ein Gedanke, welcher ihn plagte;

war er denn so anders als André, er, der die Dreistigkeit besessen hatte, in der gestrigen Nacht ungefragt in das Bett des Präses zu klettern?

Sira lachte.

„Wenn du Sicherheit willst, kannst du auch bei mir auf der Couch schlafen, dafür musst du dich nicht prostituieren, Darling..."

Mirkosch schüttelte erschrocken den Kopf.

„Nein, nein, ich mag ihn...", flüsterte er und fügte leise hinzu: „Sehr."

„Siehst du, und da ist schon der Unterschied.", meinte sie milde lächelnd.

Schließlich trat Freund zu ihm, in der einen Hand die Flasche Wodka, welche Sira mitgebracht hatte, zwischen den Fingern der anderen Hand, zwei Kristallgläser. Sira gab ihren Sitzplatz frei und verschwand hin zu einem älteren, weißhaarigen Vampir, der tatsächlich ein wenig wirkte, wie aus einer alten Dracula-Verfilmung entsprungen.

„Ich verbringe eine Nacht mit dir und du bist schon eifersüchtig?", fragte Freund ausdruckslos, nachdem er sich gesetzt hatte. Mirkosch senkte beschämt den Blick.

„Du hast zugehört...?"

„Nur ein wenig, etwas über eine angebliche Liaison zwischen mir und André. Glaubst du ernsthaft, dass da romantische Gefühle zwischen mir und ihm sind?"

„Nein, das wäre absurd...", meinte Mirkosch.

„Allerdings, wir würden ein ziemlich absurdes Spiel

miteinander spielen. Und ich muss dir ehrlich sagen, dass ich klare Verhältnisse bevorzuge. Ich will wissen wer oben und wer unten ist, wenn du verstehst was ich meine."

Mirkosch errötete und war sich dessen unangenehm bewusst.

Freund räusperte sich.

„Nun, mein Mirkosch, versuchen wir es noch mal.", sagte er und drückte ihm die Gläser in die Hände, um dann die Flasche aufzuschrauben und die klare Flüssigkeit, in die Gläser laufen zu lassen, welche Mirkosch ihm hinhielt.

„Auf dich.", flüsterte Freund, als er nach seinem Glas griff, es sanft klirrend gegen Mirkoschs stieß und es an seine Lippen setzte. Diesmal kippte er den Inhalt nicht als Ganzes hinunter, sondern nahm nur einen kleinen genießerischen Schluck. Schaute dann Mirkosch an, der immer noch bewegungslos vor ihm saß.

„Jetzt trau dich schon.", forderte er ihn auf. Doch bei dem Gedanken, an das beißende, giftig schmeckende Getränk, zog sich in ihm alles vor Ekel zusammen.

Freund rückte näher an ihn heran und schaute ihn mit einem schiefen Lächeln an. Er leerte sein Glas mit einem großen Schluck, packte Mirkoschs Nacken mit seiner freien Hand und zog ihn an sich, um ihm seine Lippen auf den Mund zu drücken, welcher sich dem Kuss willig öffnete, sodass der Wodka in ihn floß und der Kuss in dessen herbes Aroma getränkt war.

Zu Mirkoschs Überraschung rebellierte sein Körper

jedoch diesmal nicht. Seine Abscheu vom Tag zuvor, schien tatsächlich mit seiner damaligen Blutarmut zu tun gehabt zu haben. Auf einmal genoss er den würzigen harten Geschmack, welcher Wärme durch seinen Körper pumpte. Aber wie wäre es denn auch möglich gewesen, einen Kuss von diesem Mann nicht zu genießen?

„So schlimm?“, wollte Freund wissen.

Mirkosch lächelte und schüttelte verneinend den Kopf. Er nahm einen Schluck von seinem eigenen Getränk und als die Wärme seinen Kopf erreichte, griff er nach Freunds Hand und rang sich durch zu fragen: „Darf ich heute Nacht wieder zu dir kommen?“

Freund zog spielerisch die Augenbrauen nach oben. „Nun, du musst nicht mitten in der Nacht kommen. Du kannst dich später direkt mit mir zur Ruhe legen, wenn du das möchtest…“

Mirkosch nickte und schon wieder konnte er ihm nicht in die Augen schauen. Es war nicht fair, dass dieser Mann eine solche Macht auf ihn ausübte.

„Mirkosch, hör zu,“, sagte Freund jetzt, „Ich habe gesagt, du sollst es dir hier nicht allzu gemütlich machen und das hier sei nur für die Anfangszeit, vergiss das alles, bitte bleib solange du willst.“

Jetzt war es an Mirkosch, doch überrascht seinen Blick zu heben und in Freunds irisierenden Augen zu schauen. Damit hatte er nicht gerechnet.

„Willst du das denn?“, fragte er.

Freund neigte seinen Kopf nach vorne, drückte seine

Wange sanft gegen Mirkoschs, sodass sich sein Mund direkt neben Mirkoschs Ohr befand.
„Ja, das ist genau das, was ich will."
Und wenn er das eines Tages nicht mehr will oder wenn ich das eines Tages nicht mehr will, mag dieser Tag in einer Woche kommen, einem Jahr, einem Jahrzehnt oder in einem Jahrhundert, dann bleibt immer noch die Hoffnung, dann bleibt uns immer noch die Ewigkeit, um wieder zueinander zurück zu finden, dachte er, als er sich später in dieser Nacht erschöpft in Freunds Arme kuschelte. Er war sich dessen bewusst, wie kitschig dieser Gedanke war, doch vielleicht konnte er ja wahr sein, so oder so, würde er die Illusion dieser Ewigkeit mit Sorgfalt lieben.

Nachwort

Vielen Dank, dass du mein Buch gelesen hast! Bücher zu veröffentlichen ist ein Wagnis, so fantasievoll die Geschichte auch seien mag, immer gibt man auch etwas sehr persönliches preis. Als junge Autorin, freue ich mich somit sehr über Anregungen, Gedanken und faire Rezensionen!

Aquila Quartz

Über die Autorin:

Aquila Quartz

Aquila Quartz ist das Pseudonym einer in Berlin lebenden Autorin. Sie wurde Ende der 80er Jahre geboren, hat Kunstwissenschaften und Philosophie studiert, liebt das Stadtleben, allerdings liebt Sie es fast noch mehr, zusammen mit Ihrer Hündin durch die Natur zu streifen. Schon in der Grundschule erfand sie leidenschaftlich gerne Geschichten. Dabei verliert sie sich oft in paranormalen Welten, sucht aber auch immer den Bezug zu Ihrem Leben und der Sie umgebenden Welt.
Sie möchte Liebesgeschichten erzählen mit deren Charakteren Sie sich identifizieren kann. Das heißt Geschichten, in denen queere Charaktere ganz selbstverständlich die Hauptrolle einnehmen können.

Weitere Bücher von dieser Autorin:

Der Geruch von Blut und Mondblumen - Eine New Yorker Vampirnovelle

erscheint Ende August!

Blutgebete Teil 1: Blutlust

Milena hatte nie viel Talent für die Liebe. Was macht es da schon, dass ihre Angebetete die Verlobte ihres Vaters ist und dazu noch ein vampirisches Geheimnis verbirgt?

„Als sie auf der Rückbank platz nahm, überkam sie plötzlich ein merkwürdiges Gefühl. Als wäre dies der erste Schritt in einer Kette von Ereignissen, welche nicht mehr zu stoppen seien würden. Als wäre die Milena, die eben noch lustlos, doch von familiären Pflichtgefühl getrieben, die Tür hinter sich zugezogen hatte, eine andere.

Jemand der einst existiert hatte, doch nun nur noch eine Phase in ihrer Geschichte war, welche überwunden werden musste. Und jetzt fuhr dieses Taxi, durchströmt von einem alten Song von the Cure, einer neuen Welt entgegen, einer Welt mit anderen Regeln, welche sie nicht mehr zu bestimmen hatte.“

"Wie sollte man weitermachen, wenn die dunklen Mythen der Welt zur Realität geworden waren? Was wusste sie schon, welche Geschichten noch alles wahr waren? Hausten in den Alpen Trolle und in den Meeresgrotten Feen? Das erschien ihr einfach zu absurd, aber was wusste sie schon?"

Milena hat sich der tristen Routine ihres Lebens ergeben; sie befindet sich irgendwo zwischen einem Kunststudium, einem Job als Barkeeperin, einer zerbrochenen Beziehung und einer schwierigen Familiensituation.
Doch dann steht plötzlich Anilah vor ihr. Anilah ist die junge Verlobte ihres vermögenden Vaters. Sie ist betörend schön und geheimnisvoll. Ihre unwiderstehliche Anziehungskraft verfolgt Milena in den Schlaf. Könnte es tatsächlich sein, dass Anilah ihre Gefühle erwidert? Und dann ist da noch der attraktive Sarolf, der ebenso geheimnisvolle Gefährte von Anilah.
Die Ereignisse überschlagen sich und ehe sie sich versieht, ist sie dabei in einen Strudel aus zuvor unbekannter Lust und zerstörerischer Liebe gezogen zu

werden. Ist Anilah am Ende gar nicht menschlich? Hinter der zunächst perfekt erscheinenden Fassade, verbergen sich dunkle Abgründe und übernatürliche Geheimnisse, welche sich unaufhaltsam in ihr Leben schieben und in ihr Bett.
Stück für Stück breitet sich Anilahs Lebensgeschichte vor Milena *aus und der Wunsch, an der Seite ihrer dominanten Geliebten, durch die Unsterblichkeit zu schreiten wächst. Doch kann sie Anilah wirklich vertrauen?*

Die Trilogie Blutgebete, ist eine moderne Vampirgeschichte mit einer gehörigen Prise Romantik, Erotik, einem Quäntchen Horror und vielschichtigen Charakteren. Außerdem gibt es einen Werwolf im Cast.

Weitere Bücher in dieser Reihe:

Blutgebete Teil 2: Blutliebe

Blutgebete Teil 3: Blutlopfer

Printed in Poland
by Amazon Fulfillment
Poland Sp. z o.o., Wrocław

86215600R00083